TRANZLATY

Sprache ist für alle da

Езикът е за всички

Die Verwandlung
Метаморфозата

Franz Kafka
Франц Кафка

Deutsch
Български

ISBN: 978-1-83566-642-5
Die Verwandlung
Franz Kafka, 1915

www.tranzlaty.com

Teil Eins
Част първа

Gregor Samsa erwachte eines Morgens aus unruhigen Träumen.

Грегор Замза се събуди една сутрин от тревожни сънища.

Er befand sich in seinem Bett, konnte sich aber nicht bewegen.

Той се озова в леглото си, но не можеше да помръдне.

Er war in ein monströses Ungeziefer verwandelt worden.

Той се беше превърнал в чудовищна гадина.

Er lag auf dem Rücken, der sich hart wie eine Rüstung anfühlte.

Той лежеше по гръб, който беше твърд като броня.

Indem er den Kopf ein wenig hob, konnte er seinen Bauch sehen.

Като повдигна леко глава, той можеше да види корема си.

Sein Bauch aber war gewölbt und in Segmente unterteilt.

Но коремът му беше куполен и разделен на сегменти.

Die Decke lag auf seinem runden Bauch.

Одеялото лежеше върху закръгления му корем.

Die Decke war jedoch kurz davor, ganz herunterzurutschen.

Но одеялото беше почти на път да се свлече напълно.

Seine Beine wirkten im Vergleich zu ihrer üblichen Größe jämmerlich.

Краката му бяха жалки в сравнение с обичайния им размер.

Und seine vielen Beine flackerten hilflos vor seinen Augen.

И многобройните му крака безпомощно трептяха пред очите му.

„Was ist nur mit mir geschehen?", dachte er bei sich.

„Какво ми се е случило?", помисли си той.

Aber es war kein Traum, aus dem er nicht erwachen konnte.

Но това не беше сън, от който да не можеше да се събуди.

Es war tatsächlich sein eigenes Zimmer, in dem er sich wiederfand.

Наистина се озоваваше в собствената си стая.

Ein richtiges Zimmer für Menschen, aber leider etwas zu klein.

Истинска стая за хора, но просто малко твърде малка.

Er lag still zwischen den vier bekannten Mauern.

Той лежеше тихо между четирите добре познати стени.

Auf dem Tisch befand sich eine Sammlung von Textilmustern.

На масата имаше колекция от текстилни мостри.

Samsa war Handelsreisender, daher die Muster.

Самса е бил пътуващ търговец, откъдето идват и мострите.

Über den auseinandergenommenen Textilproben hing ein Bild.

Над разглобените текстилни мостри имаше картина.

Er hatte das Bild erst vor Kurzem aus einer Zeitschrift ausgeschnitten.

Наскоро беше изрязал снимката от списание.

Er hatte das Bild in einen hübschen, vergoldeten Rahmen gefasst.

Той беше поставил картината в красива, позлатена рамка.

Das gerahmte Bild zeigte eine aufrecht sitzende Dame.

Рамкираната картина изобразяваше дама, седнала изправена.

Sie trug eine Pelzmütze und hatte einen Pelzmuff.

Тя носеше кожена шапка и имаше кожена маншон.

Sie hob ihre Hand in Richtung des Betrachters des Bildes.

Тя вдигаше ръка към зрителя на картината.

Ihr ganzer Unterarm verschwand in ihrem schweren Pelzmuff.

Цялата ѝ предмишница изчезна в тежката ѝ кожена мантия.

Gregor blickte aus dem Fenster auf das trübe Wetter.

Грегор погледна през прозореца към мрачното време.

Man konnte hören, wie schwere Regentropfen gegen das Fenster prasselten.

Чуваше се как едри дъждовни капки се удряха в прозореца.

Das graue Wetter stimmte ihn sehr melancholisch.

Сивото време го караше да се чувства много меланхоличен.

„Wie wäre es, wenn ich noch ein bisschen länger schlafe?“, dachte er.

„Какво ще кажеш да поспя още малко?“, помисли си той.

"Mehr Schlaf könnte mir helfen, diesen Unsinn zu vergessen."

„Повече сън може да ми помогне да забравя тези глупости.“

Länger zu schlafen war jedoch völlig unmöglich.

Но да спя повече беше напълно невъзможно.

Weil er es gewohnt war, auf seiner rechten Seite zu schlafen.

Защото беше свикнал да спи на дясната си страна.

Sein aktueller Zustand schränkte jedoch seine üblichen Bewegungsfreiheiten ein.

Но сегашното му състояние му пречеше да прави обичайните си движения.

Er hatte keine Möglichkeit, in diese Lage zu gelangen.

Той нямаше как да се добере до тази позиция.

Er versuchte sein Bestes, sich auf die rechte Seite zu werfen.

Той се опита с всички сили да се хвърли на дясната си страна.

Er hat diese Bewegung wahrscheinlich hundertmal versucht.

Вероятно е опитвал това движение сто пъти.

Aber er kippte immer wieder in die Rückenlage zurück.

Но той винаги се люлееше обратно в легнало положение.

Er schloss die Augen, um seine unruhigen Beine nicht sehen zu müssen.

Той затвори очи, за да не вижда трепещите си крака.

Am Ende hinderten ihn seine Schmerzen daran, es noch einmal zu versuchen.

Накрая болката го спря да опита отново.

Ein dumpfer Schmerz in der Seite, den er noch nie zuvor gespürt hatte.

Тъпа болка в хълбока му, каквато никога преди не беше усещал.

„Oh Gott“, dachte Gregor Samsa verzweifelt bei sich.

„О, Боже", отчаяно си помисли Грегор Замза.
"Was für einen anstrengenden Beruf ich mir da doch ausgesucht habe!"
„Каква тежка професия съм си избрал!"
„Ich muss beruflich Tag für Tag reisen."
„Ден след ден трябва да пътувам по работа."
„Büroarbeit ist viel einfacher als die Arbeit unterwegs."
„Работата в офиса е много по-лесна от работата на път."
„Und ich habe den Fluch, ständig reisen zu müssen."
„И аз имам проклятието да трябва да пътувам наоколо."
„Die ganze Sorge, die Züge nicht rechtzeitig zu verpassen."
„Всички тези притеснения за това да си навреме за влаковете."
„Meine Mahlzeiten sind unregelmäßig und das Essen ist schlecht."
„Хрането ми е нередовно и храната е лоша."
„Meine Freunde wechseln ständig, je nachdem, wo ich hinziehe."
„Приятелите ми винаги се сменят от град на град."
„Meine Interaktionen sind kühl und professionell."
„Взаимодействията, които имам, са студени и професионални."
„Sollen sich doch die Teufel mit solchen Arbeiten vergnügen!"
„Нека Дяволът се забавлява с тази работа!"
Er verspürte ein leichtes Jucken im oberen Bereich seines Bauches.
Той усети леко сърбеж в горната част на стомаха си.
Er stemmte sich mit dem Rücken gegen den Bettpfosten.
Той се притисна с гръб към стълба на леглото.
Er wollte seinen Kopf besser heben können.
Искаше да може да повдига по-добре главата си.
Er fand die juckende Stelle, die ihn plagte.
Той намери сърбящото място, което го тормозеше.
Sein Kopf schien mit kleinen weißen Punkten bedeckt zu sein.
Главата му сякаш беше покрита с малки бели точки.

Was diese kleinen weißen Punkte waren, konnte er nicht sagen.

Какво представляваха тези малки бели точки, той не можеше да разбере.

Er hatte geplant, die Stelle mit einem seiner Beine zu berühren.

Беше планирал да докосне мястото с единия си крак.

Doch als er die Stelle berührte, verspürte er ein seltsames Frösteln.

Но когато докосна мястото, усети странен хлад.

Daraufhin zog er sein Bein sofort von der Stelle weg.

Затова той веднага отдръпна крака си от мястото.

Ihm blieb nichts anderes übrig, als das Jucken zu ertragen.

Нямаше друг избор, освен да приеме сърбежното чувство.

Und er kehrte in seine vorherige Position im Bett zurück.

И той се върна в предишната си позиция в леглото.

„Wer so früh aufwacht, wird echt ziemlich dumm."

„Събуждането толкова рано наистина прави човек доста глупав."

„Ein Mann braucht genug Schlaf", dachte er sich.

„Човек трябва да спи достатъчно", помисли си той.

„Die anderen Handelsreisenden leben in Luxus."

„Другите пътуващи търговци живеят луксозен живот."

„Morgens übermittle ich die erhaltenen Bestellungen."

„На сутринта прехвърлям получените поръчки."

„Währenddessen frühstücken die Herren noch."

„Междувременно онези господа все още закусват."

„Stellen Sie sich nur vor, ich würde das bei meinem Chef versuchen."

„Само си представете, ако се опитам да направя това с шефа си."

„Er würde mich feuern, bevor ich mit dem Frühstück fertig bin."

„Щеше да ме уволни, преди да съм си довършил закуската."

„Aber vielleicht wäre das auch nicht das Schlimmste."

„Но може би и това не би било най-лошото нещо."

„Das Problem ist, dass meine Eltern mich zurückhalten.“

„Проблемът е, че родителите ми ме спъват.“

„Ohne sie hätte ich schon längst gekündigt.“

„Ако не бяха те, вече щях да съм подал оставка.“

„Ich hätte mich dem Chef entgegengestellt und es ihm gesagt.“

„Щях да се изправя срещу шефа и да му кажа.“

„Ich würde genau sagen, was ich von ihm und der Stelle halte.“

„Бих казал точно какво мисля за него и работата.“

„Er würde vom Schreibtisch fallen, wenn ich ihm alles erzählen würde!“

„Ще падне от бюрото си, ако му кажа всичко!“

„Es ist sehr seltsam, wie er an seinem Schreibtisch sitzt.“

„Много е странно как седи на бюрото си.“

„Seine Art, mit seinen Untergebenen zu sprechen, ist nicht in Ordnung.“

„Начинът, по който говори с подчинените си, не е правилен.“

„Und das Schlimmste ist, dass sein Gehör so schlecht ist.“

„И най-лошото е, че слухът му е толкова слаб.“

„Sie haben also keine andere Wahl, als ganz nah bei ihm zu sitzen.“

„Значи нямаш друг избор, освен да седиш много близо до него.“

„Aber trotz allem ist die Hoffnung noch nicht völlig verloren.“

„Но въпреки всичко казано, надеждата все още не е напълно изгубена.“

„Ich werde das Geld sparen, um die Schulden meiner Eltern zu begleichen.“

„Ще спестя парите, за да изплатя дълга на родителите си.“

„Ich kann nichts tun, solange sie ihm noch Geld schulden.“

„Не мога да направя нищо, докато те все още му дължат пари.“

„Aber wenn die Schulden beglichen sind, werde ich es auf jeden Fall tun.“

„Но когато дългът бъде изплатен, определено ще го направя.“

„Es wird wahrscheinlich noch fünf bis sechs Jahre dauern.“

„Вероятно ще отнеме още пет до шест години.“

"Ja, dann wird die große Trennung definitiv erfolgen."

„Да, тогава голямата раздяла определено ще бъде направена.“

„Fürs Erste muss ich jedoch aufstehen.“

„Засега обаче трябва да стана от леглото.“

„Weil mein Zug um fünf Uhr abfährt.“

„Защото влакът ми тръгва в пет часа.“

Gregor blickte auf den tickenden Wecker auf dem Tisch.

Грегор погледна тиктакащия будилник на масата.

"Himmlischer Vater!", dachte er, als er die Uhrzeit sah.

„Небесни Отче!“, помисли си той, като видя колко е часът.

Halb sieben war schon still und leise vergangen.

Шест и половина вече тихо си беше отминало.

Und die Zeiger der Uhr bewegten sich immer weiter vorwärts.

И стрелките на часовника продължаваха да се движат напред.

Es war nun fast Viertel vor sieben.

А сега времето наближаваше седем без петнайсет.

"Vielleicht hat der Wecker nicht geklingelt, um mich zu wecken?", dachte er.

„Може би алармата не е звъннала, за да ме събуди?“, помисли си той.

Von seinem Bett aus inspizierte Gregor den Wecker.

От леглото си Грегор огледа будилника.

Der Wecker war korrekt auf vier Uhr eingestellt.

Будилникът беше правилно настроен за четири часа.

Er konnte es sich nicht erklären, aber der Alarm musste losgegangen sein.

Не можеше да го обясни, но алармата сигурно е звъннала.

"Wie konnte ich den Wecker verschlafen, ohne es zu merken?"

„Как успях да спя по време на алармата, без да знам?“

Wenn der Alarm losgeht, wackeln sogar die Möbel.
Когато звъни, алармата дори разтърсва мебелите.
Er wusste, dass sein Schlaf alles andere als ruhig gewesen war.
Той знаеше, че сънят му никак не е бил спокоен.
Aber vielleicht war das der Grund, warum sein Schlaf so viel tiefer war.
Но може би затова сънят му беше много по-дълбок.
Er musste darüber nachdenken, was er nun tun sollte.
Трябваше да помисли какво да прави сега.
Der nächste Zug fuhr erst um sieben Uhr ab.
Следващият влак тръгваше чак в седем часа.
Diesen Zug zu erreichen, wäre nahezu unmöglich.
Хващането на този влак би било почти невъзможно.
Und die benötigten Textilien hatte er noch nicht eingepackt.
И все още не беше опаковал текстила, от който се нуждаеше.
Er fühlte sich auch nicht besonders frisch und agil.
Той също не се чувстваше особено свеж и пъргав.
Vielleicht bestand die Möglichkeit, in den Zug einzusteigen.
Може би имаше шанс да се кача на влака.
Doch ein Tadel vom Chef war so oder so unvermeidlich.
Но смъмрането от шефа беше неизбежно така или иначе.
Der Angestellte wäre in den Fünf-Uhr-Zug eingestiegen.
Служителят щеше да се е качил на влака в пет часа.
Der Büroangestellte war ein willensschwaches Werkzeug des Chefs.
Служителят в офиса беше безгръбначно създание на шефа.
Gregors Abwesenheit wäre also bereits gemeldet worden.
Така че отсъствието на Грегор вече щеше да е било съобщено.
„Was wäre, wenn ich mich krankmelde?", überlegte Gregor.
„Ами ако се обадя, че съм болен?", обмисляше се Грегор.
Das wäre aber äußerst peinlich und verdächtig.
Но това би било изключително неудобно и подозрително.

Gregor war in der gesamten Zeit, die er dort arbeitete, nie krank gewesen.

Грегор никога не беше боледувал, докато работеше там.

Und er hatte ihnen bereits fünf Jahre Dienst geleistet.

И вече им беше дал пет години служба.

Die Chancen standen gut, dass der Chef vorbeikommen würde, um nach ihm zu sehen.

Имаше голяма вероятност шефът да дойде да го провери.

Er würde wahrscheinlich den Arzt der Krankenversicherung mitbringen.

Вероятно щеше да доведе лекаря от здравната каса.

Und er würde die Eltern für ihren faulen Sohn verantwortlich machen.

И щеше да обвини родителите за мързеливия им син.

Sie könnten gegen ihn keine Einwände erheben.

Те нямаше да могат да му възразят.

Denn für ihn gab es nur zwei Arten von Arbeitern.

Защото за него имаше само два вида работници.

Entweder waren die Arbeiter kerngesund oder arbeitsscheu.

Или работниците са били напълно здрави, или са се срамували от работа.

Und läge er mit dieser grundlegenden Analyse überhaupt falsch?

И би ли сгрешил дори в този основен анализ?

In diesem Fall hatte er sicherlich ein starkes Argument.

Със сигурност в този случай той имаше силен аргумент.

Trotz seines Aussehens fühlte sich Gregor tatsächlich recht wohl.

Въпреки външния си вид, Грегор всъщност се чувстваше доста добре.

Der unnötig lange Schlaf hatte ihn etwas schläfrig gemacht.

Ненужният дълъг сън го направи малко сънлив.

Abgesehen davon konnte er sich aber über keine Krankheit beklagen.

Но освен това не можеше да се оплаче от болест.

Er verspürte sogar einen besonders starken und gesunden Hunger.

Той дори почувства особено силен и здравословен глад.
Während er diesen Gedanken nachging, schlug die Uhr erneut.
Докато той обмисляше тези мисли, часовникът удари отново.
Laut Alarm war es jetzt Viertel vor sieben.
Според алармата беше седем без петнайсет.
Und nun klopfte es auch leise an der Tür.
И сега се чу и леко почукване на вратата.
„Gregor", rief ihm jemand zu – es war die Mutter.
„Грегор", някой го извика – беше майката.
„Es ist Viertel vor sieben", bestätigte sie den Alarm.
„Седем без петнайсет е", потвърди тя алармата.
"Wolltest du nicht gehen?", fragte die sanfte Stimme.
„Не искаше ли да си тръгнеш?" попита нежният глас.
Gregor erschrak, als er seine eigene Stimme antworten hörte.
Грегор се уплаши, когато чу гласа си да отговаря.
Es war immer noch dieselbe Stimme, die er schon immer hatte.
Гласът си беше все още същият, който винаги е имал.
Doch nun mischte sich ein neuer Klang in seine Stimme.
Но сега в гласа му се долавяше нов звук.
Tief aus seinem Inneren entfuhr ihm auch ein schmerzhafter Schrei.
Дълбоко от него се чу и болезнено скърцане.
Zunächst schien seine Stimme die Worte klar zu formen.
В началото гласът му сякаш изговаряше думите ясно.
Doch dann hörte Gregor das Echo seiner Stimme in seinem Kopf.
Но тогава Грегор чу мисленото ехо на гласа си.
Die Aufnahme seiner Stimme ist auf seltsame Weise zerbrochen.
Записът на гласа му се счупи по странен начин.
Und er war sich nicht sicher, ob er richtig gehört hatte.
И не беше сигурен дали е чул правилно нещата.
Gregor verspürte den starken Wunsch, eine ausführliche Antwort zu geben.

Грегор изпита силно желание да даде подробен отговор.

Er wollte seiner Mutter alles genau erklären.

Той искаше ясно да обясни всичко на майка си.

Doch angesichts der Umstände musste er sich einschränken.

Но предвид обстоятелствата, той трябваше да се ограничи.

Und er antwortete viel kürzer, als er es gern getan hätte.

И той отговори много по-кратко, отколкото би му се искало.

"Ja, Mutter, keine Sorge, danke, ich bin schon wach."

„Да, мамо, не се тревожи, благодаря, вече съм станал.“

Die Holztür trug vermutlich dazu bei, seine Stimme zu dämpfen.

Дървената врата вероятно е помагала да заглуши гласа му.

Draußen blieb die Veränderung in Gregors Stimme unbemerkt.

Навън промяната в гласа на Грегор остана незабелязана.

Die Mutter schien mit seiner Erklärung zufrieden zu sein.

Майката изглеждаше доволна от обяснението му.

Und sie ging genauso leise wieder, wie sie gekommen war.

И тя си тръгна отново също толкова тихо, както беше дошла.

Doch das kurze Gespräch hatte eine unerwünschte Folge.

Но краткият разговор имаше нежелан ефект.

Er erregte die Aufmerksamkeit der anderen Familienmitglieder.

Той привлече вниманието на останалите членове на семейството.

Gregor war noch zu Hause und nicht zur Arbeit gegangen.

Грегор все още си беше вкъщи и не беше ходил на работа.

Und nun klopfte auch der Vater an die Seitentür.

И сега бащата почука и на страничната врата.

Er klopfte schwach, aber entschlossen mit der Faust.

Той почука слабо, но решително с юмрук.

„Gregor, Gregor“, rief er, „was ist das Problem?“

„Грегор, Грегор“ — извика той — „какъв е проблемът?“

Nach einer Weile warnte er erneut, diesmal mit tieferer Stimme.

След малко той отново предупреди с по-дълбок глас.

Doch nun klopfte die Schwester an die andere Tür.

Но на другата странична врата сестрата почука.

"Gregor? Geht es dir nicht gut?", fragte sie leise.

„Грегор? Не си ли добре?", попита тя тихо.

„Brauchen Sie irgendetwas?", fragte sie besorgt.

— Има ли нещо, от което имаш нужда? — попита тя загрижено.

Gregor antwortete beiden Seiten: „Ich bin schon fertig."

Грегор отговори и на двете страни: „Вече съм приключил."

Er hatte sich größte Mühe gegeben, alle Wörter sorgfältig auszusprechen.

Той се беше постарал максимално внимателно да произнася всички думи.

Und er entfernte alles Auffällige aus seiner Stimme.

И той премахна всичко видно от гласа си.

Auch der Vater schien mit der Antwort zufrieden zu sein.

Бащата също изглеждаше доволен от отговора.

Und er kehrte zu seinem unvollendeten Frühstück zurück.

И той се върна към недовършената си закуска.

Doch die Schwester flüsterte: „Gregor, mach auf, ich flehe dich an."

Но сестрата прошепна: „Грегор, отвори, моля те."

Doch ihre Sorge um ihn konnte ihn in keiner Weise bewegen.

Но загрижеността ѝ за него не можеше да го трогне по никакъв начин.

Gregor hatte nicht die Absicht, ihr die Tür zu öffnen.

Грегор нямаше намерение да ѝ отваря вратата.

Durch seine Reisen hatte er sich einige vorsichtige Gewohnheiten angeeignet.

Беше придобил някои предпазливи навици от пътуването.

Und er lobte sich selbst dafür, die Türen abgeschlossen zu haben.

И той се похвали, че е заключил вратите.

Zunächst wollte er in Ruhe und in seinem eigenen Tempo aufstehen.

Първо искаше тихо да стане, когато му дойде времето.

Und er wollte sich ungestört anziehen.

И, без да бъде обезпокояван, той искаше да се облече.

Nachdem er das geschafft hatte, wollte er frühstücken.

След като постигна това, той искаше да закуси.

Erst dann wollte er die Situation weiter überdenken.

Едва тогава той искаше да обмисли ситуацията по-подробно.

Er wusste, dass es sinnlos war, im Bett Pläne zu schmieden.

Той знаеше, че няма смисъл да прави планове в леглото.

Zu einem vernünftigen Schluss zu gelangen, wäre unmöglich.

Стигането до разумен извод би било невъзможно.

Es gab schon andere Male, da war er mit leichten Schmerzen aufgewacht.

Имаше и други случаи, в които се събуждаше с леки болки.

Diese Schmerzen erwiesen sich stets als reine Einbildung.

Тези болки винаги се оказваха чиста плод на въображението.

Beim Aufstehen verschwanden die Schmerzen ausnahmslos.

При ставане от леглото болката неизменно отшумяваше.

Er war neugierig, was mit diesen Ideen geschehen würde.

Той беше любопитен да види какво ще се случи с тези идеи.

Die Veränderung seiner Stimme war wahrscheinlich nur auf eine Erkältung zurückzuführen.

Промяната в гласа му вероятно беше просто от настинка.

Erkältungen sind für Reisende einfach ein Berufsrisiko.

Настинките са просто професионален риск за пътуващите.

Er hatte keinen Zweifel daran, dass dies die logische Erklärung war.

Той не се съмняваше, че това е логичното обяснение.

Es gelang ihm mühelos, die Decke von sich zu streifen.

Да свали одеялото от себе си беше лесно постижимо.

Er musste nur einatmen und sich aufblasen.

Всичко, което трябваше да направи, беше да си поеме дъх и да се надуе.

Die Decke rutschte von seinem Körper und landete auf dem Boden.

Одеялото се плъзна от тялото му и се стовари на пода.

Sein unglaublich breiter Körperbau erschwerte auch andere Dinge.

Невероятно широкото му тяло затрудняваше други неща.

Er hätte Arme und Hände gebraucht, um aufzustehen.

Щеше да му трябват ръце и китки, за да се изправи.

Aber er hatte nicht mehr die Gliedmaßen, die er früher gehabt hatte.

Но той нямаше крайниците, които имаше преди.

Anstelle von Armen und Händen hatte er viele kleine Beine.

Вместо ръце и китки, той имаше много малки крачета.

Und seine Beine bewegten sich ständig, ohne dass er es kontrollieren konnte.

И краката му постоянно се движеха, без негов контрол.

Er versuchte, ein Bein zu beugen, aber stattdessen streckte es sich.

Той се опита да сгъне единия си крак, но вместо това той се опъна.

Schließlich gelang es ihm, ein Bein unter seine Kontrolle zu bringen.

Най-накрая успя да овладее единия си крак.

Doch dann wurde die Bewegung der anderen Beine freigegeben.

Но след това движението на другите крака се освободи.

Und seine Beine zuckten vor lauter Aufregung.

И всичките му крака потрепнаха от изключителна възбуда.

Zuerst wollte er seinen Unterkörper aus dem Bett bekommen.

Първо искаше да извади долната част на тялото си от леглото.

Seinen Unterkörper hatte er aber noch nicht gesehen.

Но всъщност още не беше видял долната част на тялото си.

Und es erwies sich ohnehin als zu schwierig, diesen Teil zu versetzen.

И така или иначе се оказа твърде трудно да се премести тази част.

Schließlich wagte er mit all seiner Kraft einen waghalsigen Schritt.

Накрая, с всички сили, той направи едно диво движение.

Ohne weiter zu zögern, trat er vorwärts.

Без повече колебание той тръгна напред.

Doch er hatte die falsche Richtung eingeschlagen.

Но той беше избрал грешната посока, в която да се движи.

Er schlug mit voller Wucht mit dem Körper gegen den unteren Bettpfosten.

Той силно удари тялото си в долната част на леглото.

Der brennende Schmerz, den er empfand, lehrte ihn eine wertvolle Lektion.

Парещата болка, която изпитваше, му даде ценен урок.

Sein Unterkörper war vielleicht empfindlicher.

Долната част на тялото му може би беше по-чувствителна.

Also versuchte er zuerst, seinen Oberkörper aus dem Bett zu bekommen.

Затова се опита първо да стане от леглото с горната част на тялото си.

Er drehte seinen Kopf vorsichtig in die richtige Richtung.

Той внимателно обърна глава в правилната посока.

Und schon bald lag sein Kopf am Bettrand.

И скоро главата му се озова към ръба на леглото.

Diese vorsichtige Vorgehensweise fiel ihm tatsächlich leicht.

Това предпазливо движение всъщност му беше лесно.

Und weder seine Breite noch sein Gewicht hinderten ihn an seinen Bewegungen.

И ширината и теглото му не спираха движението му.

Die Masse seines Körpers folgte langsam der Drehung des Kopfes.

Масата на тялото му бавно следваше завъртането на главата.

Doch dann streckte er den Kopf über die Bettkante.

Но след това той надвеси глава над ръба на леглото.

Und er sah sich einer neuen Angst gegenüber, über die er noch nicht nachgedacht hatte.

И се изправи пред нов страх, за който още не беше мислил.

Ein weiteres Vorgehen in dieser Richtung könnte gefährlich sein.

По-нататъшното напредване по този начин би могло да бъде опасно.

Er hatte gedacht, er würde sich einfach fallen lassen.

Беше си помислил, че просто ще се остави да падне.

Es wäre aber ein Wunder, wenn er sich dabei nicht am Kopf verletzen würde.

Но щеше да е чудо, ако не си беше наранил главата.

Jetzt war nicht der richtige Zeitpunkt, um ein Bewusstseinsverlustrisiko einzugehen.

Сега не беше моментът да рискува да загуби съзнание.

Vielleicht wäre es doch besser, im Bett zu bleiben.

Може би все пак ще е по-добре да си остане в леглото.

Doch dann musste er denselben Aufwand betreiben, um zurückzukehren.

Но след това трябваше да положи същите усилия, за да се върне.

Nach all der Mühe lag er da, genau wie zuvor.

След всички тези усилия той лежеше там, както преди.

Und nun schienen seine Beine noch wütender zu sein als zuvor.

И сега краката му сякаш боляха още повече, отколкото преди.

Die Bewegungen seiner Beine waren noch unkontrollierbarer geworden.

Движенията на крака му станаха още по-неконтролируеми.

Er sah keinen Ausweg aus seiner Situation.

Той не виждаше начин да се измъкне от ситуацията, в която се намираше.

Aus diesem Chaos konnte kein Frieden und keine Ordnung hergestellt werden.

Мирът и редът не можеха да бъдат извлечени от този хаос.

Aber er wusste, dass auch im Bett zu bleiben keine Option war.

Но знаеше, че и оставането в леглото не е вариант.

Alles zu opfern war die vernünftigste Option.

Да пожертвам всичко беше най-разумният вариант.

Er klammerte sich an den kleinsten Hoffnungsschimmer, jemals wieder aufstehen zu können.

Той се държеше за най-малката надежда да стане от леглото.

Wenn ihm das gelingt, hat sich das ganze Risiko gelohnt.

Ако беше успял да го направи, всеки риск щеше да си заслужава.

Doch gleichzeitig erinnerte er sich auch an etwas anderes.

Но в същото време си спомни и нещо друго.

„Besser als verzweifelte Entscheidungen sind ruhige Überlegungen.“

"По-добри от отчаяни решения са спокойните размисли."

Mit aller Kraft konzentrierte er seinen Blick auf das Fenster.

С всичките си усилия той съсредоточи поглед към прозореца.

Doch was er sah, stimmte ihn wenig zuversichtlich und erfreute ihn nicht.

Но това, което видя, му донесе малко увереност и радост.

Der Morgennebel hüllte die gesamte enge Straße ein.

Сутрешната мъгла покриваше цялата тясна улица.

Der Wecker klingelte erneut; es war nun sieben Uhr.

Будилникът отново иззвъня; сега беше седем часът.

„Es ist bereits sieben Uhr und es ist immer noch so neblig.“

„Вече е седем часът, а все още има такава мъгла.“

Eine Zeitlang lag er still da und atmete nur schwach.

Известно време той лежеше тихо, дишайки само слабо.

**Vielleicht würde etwas Ruhe eine gewisse Normalität
herbeiführen.**

Може би малко тишина би донесла някаква нормалност.

**Völliges Schweigen könnte die wahren Zustände
herbeiführen.**

Пълната тишина би могла да доведе до реалните условия.

**Doch bevor die Uhr erneut schlug, durchbrach er das
Schweigen.**

Но преди часовникът да удари отново, той наруши
мълчанието.

Bevor die Uhr wieder schlägt, muss ich aus dem Bett sein.

„Преди часовникът да удари отново, трябва да стана от
леглото.“

„Ich muss bis dahin unbedingt komplett aus dem Bett sein.“

„Абсолютно трябва да съм станал напълно от леглото
дотогава.“

„Nach Viertel nach sieben schickt das Büro jemanden.“

„След седем и петнайсет от офиса ще изпратят някого.“

„Weil das Büro vor sieben Uhr öffnete.“

„Защото офисът отвори преди седем часа.“

**Und nun begann er, seinen Körper aus dem Bett zu
schaukeln.**

И сега той започна да се люлее от леглото.

**Er hatte aufgehört, sich auf seinen Ober- oder Unterkörper
zu konzentrieren.**

Той беше престанал да се фокусира върху горната или
долната част на тялото си.

Sein ganzer Körper musste aus dem Bett herausragen.

Цялата му дължина на тялото трябваше да напусне
леглото.

**Bei einem Sturz in diese Richtung sollte sein Kopf geschützt
sein, dachte er.**

Падането по този начин би трябвало да предпази главата
му, помисли си той.

**Er hatte geplant, den Kopf zu heben, sobald er auf dem
Boden aufschlug.**

Беше планирал да вдигне глава, когато падне на земята.

Sein Rücken schien hart genug für den Aufprall zu sein.

Задната част на тялото му изглеждаше достатъчно твърда за удара.

Und der Teppich diente dazu, die Landung abzufedern.

А килимът беше там, за да омекоти кацането.

Seine größte Sorge galt jedoch dem Lärm.

Най-голямото му притеснение обаче беше силният шум.

Das krachende Geräusch würde alle im Haus erschrecken.

Трясъкът би уплашил всички в къщата.

Vielleicht hätten sie keine Angst vor dem lauten Lärm.

Може би нямаше да се ужасят от силния шум.

Aber sie wären mit Sicherheit besorgt, wenn sie davon hörten.

Но със сигурност щяха да се притеснят, ако чуят.

Man musste aber das Risiko eingehen, Aufmerksamkeit zu erregen.

Но рискът да се привлече внимание трябваше да се поеме.

Die neue Methode war eher ein Spiel als eine Anstrengung.

Новият метод беше по-скоро игра, отколкото усилие.

Er musste seinen Körper in plötzlichen und ruckartigen Bewegungen hin und her wiegen.

Трябваше да люлее тялото си с резки и откачени движения.

Gregor war schon halb aus dem Bett aufgestanden.

Грегор вече беше наполовина станал от леглото.

Nun kam ihm gerade ein neuer Gedanke.

Сега му хрумна нова мисъл.

„Es wäre alles so einfach, wenn mir jemand zu Hilfe käme.“

„Всичко щеше да е толкова лесно, ако някой ми се притече на помощ.“

„Zwei kräftige Personen würden völlig ausreichen.“

„Двама силни хора биха били напълно достатъчни.“

Sein Vater und das Dienstmädchen wären stark genug.

Баща му и прислужницата щяха да бъдат достатъчно силни.

Sie müssten nur ihre Arme unter seinen Rücken schieben.

Просто щеше да им се наложи да пъхнат ръце под гърба му.

Und dann könnten sie ihn ganz leicht aus dem Bett ziehen.

И тогава лесно биха могли да го измъкнат от леглото.

Vielleicht hätten sie sein Gewicht langsam reduzieren müssen.

Може би щеше да се наложи бавно да намалят теглото му.

Hoffentlich hätten die Beine dann ihren Zweck gefunden.

Да се надяваме, че тогава краката щяха да са намерили предназначението си.

Wäre es nicht letztendlich besser, um Hilfe zu rufen?

„Не би ли било по-добре все пак да извикам за помощ?"

Das Problem war natürlich, dass er die Türen abgeschlossen hatte.

Проблемът, разбира се, беше, че той беше заключил вратите.

Irgendwie hatte der Gedanke etwas, das ihn amüsierte.

Имаше нещо в тази мисъл, което го гъделичкаше.

Und trotz seiner Notlage konnte er sich ein Lächeln nicht verkneifen.

И въпреки трудностите си, той не можа да сдържи усмивката си.

Er war schon kurz davor, das Gleichgewicht zu verlieren.

Вече беше близо до това да загуби равновесие.

Mit jedem Schwung kam er dem Umkippen vom Bett näher.

Всяко замахване го доближаваше до това да падне от леглото.

Bald musste er die endgültige Entscheidung treffen.

Скоро щеше да се наложи да вземе окончателното решение.

In fünf Minuten würde es Viertel nach sieben sein.

След пет минути щеше да стане седем и петнайсет.

Während er diesen Gedanken nachging, klingelte es an der Tür.

Докато обмисляше тези мисли, звънецът на вратата иззвъня.

„Das ist jemand aus dem Büro", sagte er zu sich selbst.

„Това е някой от офиса“, каза си той.

Und er erstarrte fast vor Angst angesichts des Besuchers.

И той почти замръзна от страх заради посетителя.

Seine Beine tanzten noch wilder als zuvor.

Краката му танцуваха още по-диво от преди.

Doch dann herrschte einen Moment lang Stille.

Но след това, за миг, всичко остана тихо.

„Sie werden die Tür nicht öffnen“, sagte Gregor zu sich selbst.

„Няма да отворят вратата“, каза си Грегор.

Er war noch immer einer sinnlosen Hoffnung verfallen.

Той все още беше обзет от някаква безсмислена надежда.

Doch dann ging das Dienstmädchen natürlich zur Tür.

Но тогава, разбира се, прислужницата тръгна към вратата.

Und wie immer öffnete sie dem Besucher die Tür.

И, както винаги, тя отвори вратата на посетителя.

Gregor brauchte nur die erste Begrüßung des Besuchers zu hören.

Грегор трябваше само да чуе първия поздрав на посетителя.

Er konnte sofort erkennen, wer ihn gesucht hatte.

Той веднага можеше да разбере кой е дошъл за него.

Der Hauptschreiber selbst war gekommen, um nach Samsa zu sehen.

Самият главен чиновник беше дошъл да провери Самса.

Warum war Gregor der Einzige, der zu diesem Schicksal verurteilt wurde?

Защо само Грегор беше осъден на тази съдба?

Warum musste ausgerechnet er in einer solchen Organisation dienen?

Защо само той трябваше да служи в такава организация?

Das geringste Versehen weckte sofort Misstrauen.

Най-малкият пропуск веднага будеше подозрение.

Waren alle Angestellten, die dort arbeiteten, Schurken?

Всички служители, които работеха там, мошеници ли бяха?

Gab es denn keinen treuen und ergebenen Menschen unter ihnen?

Нямаше ли сред тях верен и предан човек?

Hätten sie nicht einfach einen Lehrling schicken können?

Не можеха ли просто да изпратят чирак?

War diese ganze Infragestellung überhaupt notwendig?

Наистина ли всички тези въпроси бяха необходими?

Musste der Bevollmächtigte persönlich erscheinen?

Трябваше ли упълномощеният представител да дойде лично?

Musste wirklich die gesamte unschuldige Familie informiert werden?

Трябваше ли цялото невинно семейство да бъде информирано?

All diese Überlegungen veranlassten Gregor zum Handeln.

Всички тези съображения подтикнаха Грегор към действие.

Er schwang sich mit aller Kraft aus dem Bett.

Той се измъкна от леглото с всички сили.

Es gab einen lauten Knall, aber es war eigentlich kein richtiges Geräusch.

Чу се силен трясък, но всъщност не беше шум.

Der Fall wurde durch den Teppich etwas abgemildert.

Падането беше леко омекотено от килима.

Sein Rücken war elastischer, als Gregor angenommen hatte.

Гърбът му беше по-еластичен, отколкото Грегор си беше мислил.

Der Klang war also dumpfer und nicht so auffällig.

Така звукът беше по-тъп и не толкова забележим.

Doch er hatte seinen Kopf während des Sturzes nicht geschützt.

Но не си беше пазил главата по време на есента.

Und als er auf den Boden aufschlug, schlug er auch mit dem Kopf auf.

И когато удари земята, той удари и главата си.

Er rieb sich vor Wut und Schmerz den Kopf am Teppich.

Той търкаше глава в килима от гняв и болка.

Der Manager im Nachbarzimmer hörte jedoch den Lärm.

Но управителят в съседната стая чу шума.

„Da ist etwas hineingefallen", stellte er richtig fest.

„Нещо падна там", правилно отбеляза той.

Gregor versuchte, sich den Manager in seine Lage zu versetzen.

Грегор се опита да си представи управителя на неговото място.

„Könnte ihm dasselbe passieren?", fragte er sich.

„Може ли същото да се случи и с него?", зачуди се той.

Er akzeptierte, dass dieses seltsame Ereignis möglich sein könnte.

Той прие, че това странно събитие е възможно.

Und dann ging der Hauptsekretär ein paar Schritte in den Raum.

И тогава главният чиновник направи няколко крачки към стаята.

Es war fast schon eine plumpe Antwort auf seine Frage.

Това беше почти груб отговор на въпроса, който той зададе.

Seine Lederstiefel knarrten, als er sich der Tür näherte.

Кожените му ботуши изскърцаха, докато се приближаваше към вратата.

Aus dem Zimmer zu seiner Rechten flüsterte ihm seine Magd zu.

От стаята отдясно му прислужницата му прошепна нещо.

„Gregor, der Bevollmächtigte, ist hier."

„Грегор, упълномощеният представител е тук."

„Ich weiß", sagte Gregor, aber nur leise zu sich selbst.

— Знам — каза Грегор, но само тихо на себе си.

Er wagte es nicht, seine Stimme lauter als ein Flüstern zu erheben.

Той не смееше да повиши глас над шепот.

Weil Gregor nicht wollte, dass seine Schwester ihn hörte.

Защото Грегор не искаше сестра му да го чуе.

„Gregor", sagte der Vater aus dem Zimmer links.

— Грегор — каза бащата от стаята вляво.

Der Manager ist gekommen, um nach dem Rechten zu sehen.

„Управителят дойде да провери какъв е проблемът.“

„Er fragte, warum du nicht den frühen Zug genommen hast.“

„Той попита защо не си тръгнал с ранния влак.“

„Wir wissen nicht, was wir ihm sagen sollen“, sagte der Vater.

„Не знаем какво да му кажем“, каза бащата.

„Übrigens möchte er auch persönlich mit Ihnen sprechen.“

„Между другото, той също иска да говори с теб лично.“

„Bitte öffnen Sie die Tür, damit er mit Ihnen sprechen kann.“

„Моля те, отвори вратата, за да може да говори с теб.“

„Er wird so freundlich sein, das Chaos im Zimmer zu entschuldigen.“

„Той ще бъде така любезен да извини за бъркотията в стаята.“

"Guten Morgen, Herr Samsa", rief ihm der Manager zu.

— Добро утро, господин Самса — извика му управителят.

Und er sprach ganz gewiss in freundlicher Weise mit ihm.

И със сигурност му говореше приятелски.

„Es geht ihm nicht gut“, sagte die Mutter zum Manager.

„Не е добре“, каза майката на управителя.

„Es geht ihm überhaupt nicht gut, glauben Sie mir, lieber Manager.“

„Той изобщо не е добре, повярвайте ми, скъпи управителю.“

"Warum sonst sollte Gregor den Morgenzug verpassen?"

„Защо иначе Грегор би изпуснал сутрешния влак?“

„Der Junge hat nichts anderes im Kopf als das Geschäft.“

„Момчето няма нищо на ума си, освен работата.“

„Es ärgert mich fast, dass er nichts anderes tut.“

„Почти ме дразни, че не прави нищо друго.“

„Ich wünschte, er würde abends an die frische Luft gehen.“

„Жалко, че не излизаше вечер на чист въздух.“

„Er war acht Tage geschäftlich in der Stadt.“

„Той беше в града осем дни по работа.“
„Aber er war ja jeden dieser Abende zu Hause.“
„Но тогава той си беше вкъщи всяка от тези вечери“
„Er sitzt an unserem Tisch und liest die Zeitung.“
„Той седи на нашата маса и чете вестника.“
„Manchmal studiert er auch die Fahrpläne der Züge.“
„В други случаи той изучава разписанията на влаковете.“
„Manchmal beschäftigt er sich mit Tischlerarbeiten.“
„Понякога се занимава с дърводелство.“
„Zum Beispiel schnitzte er einen kleinen Bilderrahmen aus Holz.“
„Например, той е издълбал малка дървена рамка за картина.“
„An zwei oder drei Abenden war er mit der Säge beschäftigt.“
„В продължение на две или три вечери той беше зает с триона.“
„Sie werden staunen, wie hübsch der Bilderrahmen ist.“
Ще се изумите колко красива е рамката на картината.
„Er hat den Bilderrahmen in seinem Zimmer aufgehängt.“
„Той е окачил рамката на картината в стаята си.“
„Wenn er die Tür öffnet, werden Sie seine Holzarbeiten sehen.“
„Когато отвори вратата, ще видите дърводелските му изделия.“
„Übrigens freut es mich, dass Sie hier sind, Herr Prokurist.“
„Между другото, радвам се, че сте тук, господин Прокурист.“
„Wir allein hätten Gregor nicht dazu bringen können, die Tür zu öffnen.“
„Сами не бихме могли да накараме Грегор да отвори вратата.“
„Er ist so stur“, gestand seine Mutter dem Angestellten.
„Той е толкова инатлив“, призна майка му на служителя.
„Er ist ganz sicher krank, obwohl er das vorher bestritten hat.“

„Той със сигурност не е добре, въпреки че го отричаше преди."
„Ich komme gleich", sagte Gregor langsam und bedächtig.
— Веднага идвам — каза Грегор бавно и внимателно.
Doch er machte keine Anstalten, sich der Tür des Zimmers zuzuwenden.
Но той не направи никакво движение към вратата на стаята.
Er wollte kein Wort des Gesprächs verpassen.
Не искаше да загуби нито дума от разговора.
Der Hauptsekretär stimmte der Einschätzung der Mutter zu.
Главният чиновник се съгласи с оценката на майката.
"Ich kann es Ihnen auch nicht anders erklären, Madam."
— И аз не мога да го обясня по друг начин, госпожо.
„Hoffen wir alle, dass er keine schwere Krankheit hat", sagte er.
„Нека всички се надяваме, че няма сериозно заболяване", каза той.
„Andererseits stellt es eine Gefahr in unserer Branche dar."
„От друга страна, това е риск в нашата индустрия."
„Wir Geschäftsleute müssen oft Unannehmlichkeiten überwinden."
„Ние, бизнесмените, често трябва да преодоляваме дискомфорта."
„Profis müssen leichte Schmerzen einfach aushalten."
„Професионалистите просто трябва да се справят с леки болки."
Währenddessen klopfte sein Vater erneut an die andere Tür.
Междувременно баща му отново почука на другата врата.
„Kann der Hauptsekretär jetzt hereinkommen?", wollte er wissen.
„Може ли главният чиновник да влезе сега?", искаше да знае той.
"Nein, das kann er nicht", antwortete Gregor auf die Frage seines Vaters.
„Не, не може", отговори Грегор на въпроса на баща си.
Im Raum links von uns herrschte betretenes Schweigen.

В стаята отляво се възцари неловка тишина.

Im Zimmer rechts begann die Schwester zu schluchzen.

В стаята отдясно сестрата започна да ридае.

Warum war die Schwester nicht zu den anderen gegangen?

Защо сестрата не беше отишла да бъде с останалите?

Sie war wahrscheinlich gerade erst aufgestanden, dachte er.

Вероятно току-що беше станала от леглото, помисли си той.

Vielleicht hatte sie noch gar nicht angefangen, sich anzuziehen.

Може дори още да не е започнала да се облича.

Gregor aber verstand nicht, warum sie weinte.

Но Грегор не можеше да разбере защо тя плаче.

Lag es daran, dass er nicht aufgestanden war und den Manager hereingelassen hatte?

Дали беше защото не стана и не пусна управителя вътре?

Lag es daran, dass er Gefahr lief, seinen Job zu verlieren?

Дали беше защото беше в опасност да загуби работата си?

Könnte der Chef wie früher gegen die Eltern vorgehen?

Може ли шефът да дойде след родителите, както преди?

Würde er seine alten Forderungen an sie wiederholen?

Дали щеше да им отправи отново старите искания?

Diese Dinge waren wahrscheinlich unnötig.

Вероятно не е трябвало да се тревожим за тези неща.

Im Moment hatte sie keinen Grund zu weinen.

Засега тя нямаше причина да плаче.

Gregor war noch da und sorgte für seine Familie.

Грегор все още беше тук и се грижеше за семейството.

Und er hatte nie die Absicht, die Familie zu verlassen.

И никога не е имал намерение да напуска семейството.

Im Moment lag er einfach nur da auf dem Teppich.

Засега той просто лежеше там на килима.

Die Familie wusste nichts von seinem Zustand.

Семейството не е знаело в какво състояние е бил той.

Hätten sie das gewusst, hätten sie seinen Chef nicht ermutigt.

Ако бяха знаели, нямаше да насърчат шефа му.

Sie hätten nicht einmal den Manager ins Haus gelassen.

Те дори не биха пуснали управителя в къщата.

Ihn abzuweisen wäre nicht besonders unhöflich gewesen.

Да го отблъснеш нямаше да е особено грубо.

Er hätte später problemlos eine passende Ausrede finden können.

Той лесно би могъл да си намери подходящо извинение по-късно.

Dafür hätte er nicht entlassen werden können.

Това не беше нещо, за което можеше да бъде уволнен.

Gregor war der Ansicht, dass es jetzt vernünftiger wäre, allein gelassen zu werden.

Грегор смяташе, че сега би било по-разумно да го оставят сам.

Ihn durch Weinen und Reden zu stören, brachte wenig.

Безпокоенето му с плач и говорене не постигна много.

Doch die anderen beunruhigte die Ungewissheit.

Но именно несигурността тревожеше останалите.

Und genau diese Unsicherheit entschuldigte ihr Verhalten.

И именно тази несигурност извиняваше поведението им.

„Herr Samsa!", rief der Manager mit erhobener Stimme.

— Господин Самса — извика управителят с повишен глас.

„Was ist los mit dir?", wollte er wissen.

„Какво става с теб?", искаше да знае той.

„Du hast dich in deinem Zimmer verbarrikadiert."

„Забарикадирал си се в стаята си."

„Sie antworten nur mit ‚Ja' oder ‚Nein'."

„Отговаряте само с „да" или „не"."

„Du bereitest deinen Eltern große Sorgen."

„Създаваш сериозни тревоги на родителите си."

„Ich sehe keinen guten Grund, warum Sie sie beunruhigen sollten."

„Не виждам основателна причина защо бихте ги тревожили."

„Es gibt da noch eine Sache, die ich nebenbei erwähnen möchte."

„Има още нещо, което ще спомена между другото."

„Sie vernachlässigen auch Ihre geschäftlichen Pflichten uns
gegenüber."
„Вие също така пренебрегвате служебните си задължения
към нас."
„Eine solche Verantwortungslosigkeit entspricht so gar nicht
Ihrem Charakter."
„Подобна безотговорност е напълно нетипична за теб."
„Ich spreche hier im Namen Ihrer Eltern und Ihres Chefs."
„Говоря тук от името на вашите родители и вашия шеф."
„Und ich bitte Sie um eine sofortige und klare Erklärung."
„И ви моля за незабавно и ясно обяснение."
„Das Ganze erstaunt mich wirklich, das muss ich sagen."
„Трябва да призная, че цялата тази работа наистина ме
изумява."
„Ich dachte, ich kenne dich als ruhigen und vernünftigen
Menschen."
„Мислех, че те познавам като спокоен и разумен човек."
„Aber jetzt zeigst du uns eine andere Seite von dir."
„Но сега ни показваш различна страна от себе си."
„Plötzlich zeigst du deine ganz eigenen Launen."
„Изведнъж проявяваш своите много странни капризи."
„Aber es könnte eine Erklärung für Ihr Scheitern geben."
„Но може да има обяснение за твоя неуспех."
„Der Chef erwähnte eine Forderung, die Sie für uns
eingetrieben hatten."
„Шефът спомена за дълг, който сте ни събрали."
"Ich habe dem Chef in Ihrem Namen mein Ehrenwort
gegeben."
„Дадох честната си дума на шефа от ваше име."
„Aber jetzt sehe ich deine unverständliche Sturheit."
„Но сега виждам твоя неразбираем инат."
"Vielleicht verliere ich auch noch jegliche Lust, dir
überhaupt zu helfen."
„Може би все пак ще загубя всяко желание да ти
помогна."
„Ihre Arbeitsplatzsicherheit ist keineswegs völlig stabil."

„Сигурността на работното ви място в никакъв случай не е напълно стабилна."
„Eigentlich wollte ich euch das alles unter vier Augen erzählen."
„Първоначално възнамерявах да ти кажа всичко това насаме."
„Aber jetzt sehe ich, dass Sie wollen, dass ich hier meine Zeit verschwende."
„Но сега виждам, че искаш да си губя времето тук."
„Ich sehe also keinen Grund, warum deine Eltern das nicht wissen sollten."
„Така че не виждам причина родителите ти да не знаят."
„Ihre Leistungen in letzter Zeit waren nicht zufriedenstellend."
„Последните ви постижения не бяха задоволителни."
„Ich räume ein, dass die Verkäufe zu dieser Jahreszeit langsamer laufen."
„Признавам, че продажбите са по-бавни по това време на годината."
„Aber es gibt keine Jahreszeit, in der es keine Verkäufe gibt."
„Но няма време от годината, в което да няма продажби."
Für einen Moment vergaß Gregor alles um sich herum.
За миг Грегор забрави всичко около себе си.
„Aber Herr Prokurist!", rief Gregor verzweifelt aus.
— Но господин Прокурист! — извика отчаяно Грегор.
"Ich öffne die Tür sofort, jetzt gleich, keine Sorge."
„Ще отворя вратата веднага, точно сега, не се тревожи."
„Das Problem ist, dass ich mich ziemlich unwohl fühle."
„Проблемът е, че се чувствам доста зле."
„Mir war schwindelig, deshalb konnte ich die Tür nicht erreichen."
„Замаяността ми ми попречи да стигна до вратата."
„Ich liege zwar noch im Bett, aber es geht mir schon viel besser."
„Все още лежа в леглото, но се чувствам много по-добре."
"Einen Moment bitte, ich stehe gerade erst auf."

„Един момент, моля, тъкмо ставам от леглото.“
"Einen Moment Geduld, Herr Prokurist, ist alles, worum ich
bitte."
„Моля само за миг търпение, господин Прокурист.“
„Es läuft nicht so gut, wie ich dachte, aber ich werde es
schon schaffen.“
„Не върви толкова добре, колкото си мислех, но ще се
оправя.“
"Wie kann so etwas einem Menschen so schnell passieren?"
„Как е възможно такова нещо да се случи на човек толкова
бързо?“
„Mir ging es gestern Abend gut, das wissen meine Eltern.“
„Чувствах се добре снощи, родителите ми знаят това.“
„Aber vielleicht hatte ich damals schon eine kleine
Vorahnung.“
„Но може би тогава вече имах едно малко предчувствие.“
„Man könnte sich fragen, warum ich es nicht im Büro
gemeldet habe.“
„Може би ще попитате защо не го съобщих в офиса.“
„Ich dachte, ich würde mich morgen früh wieder viel besser
fühlen.“
„Мислех, че на сутринта ще се чувствам много по-добре
отново.“
„Man denkt immer, dass sie die Krankheit bis dahin besiegt
haben werden.“
„Човек винаги си мисли, че дотогава ще победи болестта.“
„Aber bitte! Verschonen Sie meine Eltern vor diesen
Anschuldigungen!“
„Но моля те! Пощади родителите ми от тези обвинения!“
„Mir wurde kein Wort von dem erzählt, was Sie mir erzählt
haben.“
„Не са ми казали и дума за това, което ти ми каза.“
„Sie haben möglicherweise die letzten von mir versandten
Befehle nicht gelesen.“
„Може би не сте прочели последните заповеди, които
изпратих.“

„Übrigens, du brauchst dir heute keine Sorgen um mich zu machen."

„Между другото, днес не е нужно да се тревожиш за мен."

„Ich werde trotzdem den Zug um acht Uhr nehmen."

„Все пак ще взема влака в осем часа."

„Die wenigen Stunden Ruhe haben mich ausreichend gestärkt."

„Няколкото часа почивка ме подкрепиха достатъчно."

"Sie müssen wirklich nicht warten, Manager."

„Наистина няма нужда да чакате, управителю."

„Auch ich werde schon bald im Büro sein."

„И аз скоро ще бъда в офиса."

"Und bitte seien Sie so freundlich, ein gutes Wort für mich einzulegen."

„И моля те, бъди така добър да кажеш добра дума за мен."

Gregor hatte seine Erklärung recht hastig vorgetragen.

Грегор беше изрекъл обяснението си доста прибързано.

Er wusste selbst kaum, was er eigentlich sagen wollte.

Той едва ли знаеше какво всъщност се опитва да каже.

Er ging zu der Kiste und versuchte, sich daran hochzuziehen.

Той отиде до кутията и се опита да се изправи с нея.

Er hatte wirklich die feste Absicht, die Tür zu öffnen.

Той наистина имаше пълното намерение да отвори вратата.

Er wollte vom Bevollmächtigten empfangen werden.

Той искаше да бъде видян от упълномощения представител.

Und er wollte das Problem persönlich mit ihm lösen.

И искаше да реши проблема лично с него.

Er war gespannt darauf, wie die anderen auf ihn reagieren würden.

Той беше нетърпелив да знае как ще реагират останалите на него.

Sie sind bestimmt inzwischen auch gespannt darauf, wie es ihm geht.

Те вече сигурно също са нетърпеливи да видят как е той.

Es gab zwei mögliche Arten, wie sie auf ihn reagieren konnten.

Имаше два възможни начина, по които можеха да реагират на него.

Eine Möglichkeit war, dass sie Angst bekommen würden.

Една от възможностите беше, че щяха да се уплашат.

Wenn sie Angst hatten, dann trug er keine Verantwortung.

Ако бяха уплашени, той не носеше отговорност.

Und dann müsste er sich keine Sorgen mehr um die Situation machen.

И тогава нямаше да се налага да се тревожи за ситуацията.

Es gab aber auch noch eine andere Möglichkeit, die man in Betracht ziehen musste.

Но имаше и друга възможност, за която да се помисли.

Vielleicht würden sie ihn so, wie er war, einfach hinnehmen.

Може би щяха спокойно да го приемат такъв, какъвто е.

Dann hätte auch Gregor keinen Grund, sich aufzuregen.

Тогава и Грегор нямаше да има причина да се разстройва.

Es bliebe noch genügend Zeit, den Zug zu erreichen.

Все още щеше да има достатъчно време да хвана влака.

Das Aufrechtstehen war jedoch alles andere als einfach.

Обаче, стоенето изправено никак не беше лесна задача.

Bei seinen ersten Versuchen rutschte er von der Kiste ab.

При първите си няколко опита той се изплъзна от кутията.

Die Kiste war zu glatt, als dass er sich dagegen stemmen konnte.

Кутията беше твърде гладка, за да може той да се облегне на нея.

Und schließlich gab er sich noch einen letzten Anstoß, um aufzustehen.

И най-накрая той си даде последен тласък, за да се изправи.

Er schenkte den Schmerzen in seinem Bauch keine Beachtung mehr.

Той вече не обръщаше внимание на болката в корема си.

Egal wie groß der Schmerz sein würde, er würde es durchstehen.

Без значение колко силна е болката, той щеше да я преодолее.

Er ließ sich gegen die Lehne eines nahegelegenen Stuhls fallen.

Той се отпусна върху облегалката на близкия стол.

Und er hielt sich mit seinen kleinen Beinchen am Rand fest.

И той се държеше за краищата с малките си крачета.

Zu diesem Zeitpunkt hatte er sich besser im Griff.

В този момент той беше придобил по-голям контрол над себе си.

Und sein Fall war stiller als der vorherige.

И падането му беше по-тихо от предишното.

Weil er dem Manager zuhören musste.

Защото трябваше да слуша какво казва управителят.

„Habt ihr irgendetwas davon verstanden?“, fragte er die Eltern.

„Разбрахте ли нещо от това?“, попита той родителите.

"Er würde uns doch nicht zum Narren halten, oder?"

— Нямаше да ни изкара на глупаци, нали?

„Um Gottes Willen!“, rief die Mutter und weinte bereits.

„За бога!“ – извика майката, вече плачейки.

„Er könnte schwer krank sein und wir quälen ihn.“

„Може да е сериозно болен и ние го измъчваме.“

"Grete! Grete!", schrie sie ihrer Tochter zu.

„Грете! Грете!“, изкрещя тя на дъщеря си.

„Mutter?“, rief die Schwester von der anderen Seite.

„Майко?“ извика сестрата от другата страна.

Dann kommunizierten sie durch Gregors Zimmer.

След това те общуваха през стаята на Грегор.

„Gregor ist sehr krank und braucht Medikamente.“

Грегор е много болен и има нужда от лекарства.

„Sie müssen sofort zum Arzt gehen.“

„Ще трябва незабавно да отидете на лекар.“

Hast du gehört, wie Gregor eben gesprochen hat?

— Чу ли как Грегор говори току-що?

„Das war die Stimme eines Tieres", sagte der Manager.

„Това беше глас на животно", каза управителят.

Seine Worte waren leise im Vergleich zu den Schreien der Mutter.

Думите му бяха тихи в сравнение с писъците на майката.

"Anna! Anna!", rief der Vater durch das Vorzimmer.

„Ана! Ана!" — извика бащата през преддверието.

Und er klatschte in die Hände, um ihre Aufmerksamkeit zu erregen.

И той пляскаше с ръце, за да привлече вниманието им.

"Holt sofort einen Schlüsseldienst!", befahl er dem Dienstmädchen.

„Веднага извикай ключар!", нареди той на прислужницата.

Die Mädchen rannten in ihren Röcken durch das Vorzimmer.

Момичетата, по поли, тичаха през преддверието.

Und ihre Röcke raschelten, als sie an seinem Zimmer vorbeiliefen.

И полите им шумоляха, докато тичаха покрай стаята му.

„Wie konnte sich die Schwester so schnell anziehen?", dachte er.

„Как сестрата се облече толкова бързо?", помисли си той.

Die Tür war aufgerissen, aber nicht zugeschlagen.

Вратата беше отворена с трясък, но не беше затръшната.

Dies kommt häufig in Haushalten vor, in denen ein großes Unglück geschieht.

Това е често срещано в домове, където се случва голямо нещастие.

All das hatte Gregor jedoch deutlich ruhiger gemacht.

Но всичко това накара Грегор да се успокои значително.

Als er seine eigenen Worte hörte, erschienen sie ihm klar.

Когато чу собствените си думи, те му се сториха ясни.

Tatsächlich war er der Ansicht, seine Worte seien eigentlich klarer gewesen.

Всъщност той чувстваше, че думите му са били по-ясни.

Die anderen aber verstanden nicht mehr, was er sagte.

Но останалите вече не разбираха какво казва.
Vielleicht hatte er sich inzwischen an seine Ohren gewöhnt.
Може би вече беше свикнал с ушите си.
Aber zumindest verstanden sie seine Situation jetzt besser.
Но поне сега разбираха по-добре положението му.
Sie erkannten, dass mit ihm tatsächlich etwas nicht stimmte.
Те осъзнаха, че наистина има нещо нередно с него.
Und sie taten nun alles, was sie konnten, um ihm zu helfen.
И сега правеха всичко възможно, за да му помогнат.
Dies gab Gregor ein Gefühl des Selbstvertrauens, das ihm gefehlt hatte.
Това даде на Грегор чувство на увереност, което му липсваше.
Und er fühlte sich in der Familie wieder viel sicherer.
И той се чувстваше отново много по-сигурен в семейството.
Er hatte das Gefühl, wieder in den menschlichen Kreis aufgenommen zu sein.
Той чувстваше, че отново е част от човешкия кръг.
Nun musste er hoffen, dass der Schlüsseldienst die Tür öffnen konnte.
Сега трябваше да се надява, че ключарят ще може да отвори вратата.
Und er hoffte, der Arzt könne solche Aufgaben ausführen.
И той се надяваше, че лекарят може да изпълнява подобни задачи.
Er würde bald wieder mehr reden müssen.
Скоро щеше да му се наложи да говори още.
Seine Stimme musste so klar wie möglich sein.
Гласът му трябваше да бъде възможно най-ясен.
Zur Vorbereitung auf das Treffen räusperte er sich.
За да се подготви за срещата, той се прокашля.
Er bemühte sich jedoch, nur sehr leise zu husten.
Въпреки това, той се постара да кашля съвсем тихо.
Das Geräusch klang möglicherweise anders als ein menschlicher Husten.
Шумът може да е звучал различно от човешка кашлица.

Er wusste, dass er solche Dinge nicht mehr unterscheiden konnte.

Той знаеше, че вече не може да различи подобни неща.

Im Nebenzimmer war es vollkommen still geworden.

В съседната стая беше станало напълно тихо.

Die Eltern saßen wahrscheinlich am Tisch.

Родителите вероятно са седели на масата.

Möglicherweise flüsterten sie mit dem Manager.

Може би са си шепнали с управителя.

Vielleicht lehnten alle an der Tür und lauschten.

Може би всички бяха облегнали глава на вратата и слушаха.

Gregor schob den Stuhl langsam in Richtung Tür.

Грегор бавно бутна стола към вратата.

Er stemmte sich gegen die Tür und hielt sich aufrecht.

Той се бутна към вратата и се изправи.

Er stellte fest, dass sich an seinen Fußsohlen ein wenig Klebstoff befand.

Той научи, че възглавничките на краката му имат малко лепило.

Und er ruhte sich dort einen Moment lang von der Anstrengung aus.

И той си почина там за момент от усилието.

Nachdem er sich ausreichend ausgeruht hatte, begann er mit der nächsten Aufgabe.

След като си почина достатъчно, той се зае със следващата задача.

Er begann, den Schlüssel mit dem Mund im Schloss zu drehen.

Той започна да върти ключа в ключалката с уста.

Leider schien er gar keine Zähne zu haben.

За съжаление, изглеждаше, че той няма истински зъби.

Aber welche andere Möglichkeit hätte er gehabt, an die Schlüssel zu gelangen?

Но какъв друг начин имаше да грабне ключовете?

Zum Glück für ihn waren seine Kiefer natürlich sehr kräftig.

За щастие за него, челюстите му, разбира се, бяха много силни.

Mit Hilfe seiner Kiefermuskeln brachte er den Schlüssel tatsächlich in Bewegung.

С помощта на челюстите си той наистина задвижи ключа.

Er hatte keinen Zweifel daran, dass er sich damit auch selbst schadete.

Той нямаше никакво съмнение, че и сам си причинява вреда.

Weil eine braune Flüssigkeit aus seinem Mund kam.

Защото от устата му излизаше кафява течност.

Die braune Flüssigkeit ergoss sich über den Schlüssel und die Tür hinunter.

Кафявата течност се стичаше по ключа и надолу по вратата.

Aber Gregor kümmerte es nicht, dass er sich selbst schadete.

Но на Грегор не му пукаше, че си вреди.

„Können Sie das hören?", fragte der Manager im Nebenraum.

„Чуваш ли това?", каза управителят в съседната стая.

„Er dreht den Schlüssel um", hatte der Manager bemerkt.

„Той завърта ключа", беше забелязал управителят.

Diese Worte waren eine große Ermutigung für Gregor.

Тези думи бяха голямо насърчение за Грегор.

Aber auch Vater und Mutter hätten rufen sollen:

Но бащата и майката също трябваше да извикат:

„Gut gemacht, Gregor!", hätten sie ihm zurufen sollen.

„Браво, Грегор", трябваше да му извикат.

„Immer weiter, immer weiter am Schlüssel drehen, du schaffst das."

„Продължавай, продължавай да завърташ ключа, можеш да го направиш."

Stattdessen musste Gregor sich ihre Begeisterung vorstellen.

Но вместо това Грегор трябваше да си представи вълнението им.

Er presste die Zähne zusammen mit aller Kraft, die er hatte.

Той стисна челюсти с всичка сила, която имаше.

Und er drehte den Schlüssel weiter im Schloss.

И той продължи да върти ключа в ключалката.

Sein Körper wand sich schmerzhaft im Kreis.

Болезнено тялото му се изви в кръг.

Er konnte sich nur noch mit dem Mund aufrecht halten.

Сега се държеше изправен само с устата си.

Um den Schlüssel weiterzudrehen, drückte er gegen die Tür.

За да продължи да върти ключа, той натисна вратата.

Schließlich weckte das Knacken des Schlosses Gregor wieder auf.

Накрая щракването на ключалката отново събуди Грегор.

„Ich brauchte also keinen Schlüsseldienst", seufzte er erleichtert.

„Значи не ми трябваше ключарят" – въздъхна той с облекчение.

Jetzt musste er nur noch die Tür öffnen, die er aufgeschlossen hatte.

Сега просто трябваше да отвори вратата, която беше отключил.

Und mit dem Kopf auf dem Türgriff öffnete er die Tür.

И с глава на дръжката той отвори вратата.

Er befand sich hinter der Tür, die in sein Zimmer führte.

Той беше зад вратата, която водеше към стаята му.

Die Tür war also schon offen, bevor man ihn sehen konnte.

Значи вратата вече беше отворена, преди да може да бъде видян.

Als Nächstes musste er sich um die Tür herummanövrieren.

След това трябваше сам да маневрира около вратата.

Diese schwierige Bewegung erforderte auch viel Mühe.

Това трудно движение също изискваше много усилия.

Er wollte nicht ungeschickt in den nächsten Raum fallen.

Не искаше да падне тромаво в съседната стая.

So hatte er keine Zeit, sich auf irgendetwas anderes zu konzentrieren.

Така че нямаше време да обръща внимание на нищо друго.

Doch dann hörte er den Hauptsekretär laut „Oh!" ausrufen.

Но тогава чу главния чиновник да изрича силно „О!"
Es klang, als würde der Wind durchs Haus rauschen.
Звучеше сякаш вятърът пронизваше къщата.
Er war zufällig derjenige, der der Tür am nächsten stand.
Случайно се оказа, че той е най-близо до вратата.
Und als er ihn nun sah, presste er die Hand an den Mund.
И сега, като го видя, той притисна ръка към устата си.
Langsam bewegte er sich rückwärts, weg von Gregor.
Той бавно се отдръпна назад, далеч от Грегор.
Aber es war, als ob eine unsichtbare Kraft auf ihn einwirkte.
Но сякаш някаква невидима сила действаше върху него.
Das Erste, was die Mutter tat, war, den Vater anzusehen.
Първото нещо, което майката направи, беше да погледне
бащата.
Trotz der Anwesenheit des Managers war ihr Haar zerzaust.
Въпреки присъствието на управителя, косата й беше
разрошена.
**Sie verschränkte die Arme und machte zwei Schritte nach
vorn.**
Тя разпери ръце и направи две крачки напред.
Doch dann brach sie mitten in ihrem Rock zusammen.
Но тогава тя се свлече насред полата си.
Ihr Kleid breitete sich um sie herum auf dem Boden aus.
Роклята й се разпростря около нея по пода.
Und ihr Kopf verschwand auf ihren eigenen Brüsten.
И главата й изчезна върху собствените й гърди.
**Der Vater ballte mit feindseligem Gesichtsausdruck die
Faust.**
Бащата стисна юмрук с враждебно изражение.
Er schien Gregor zurück in sein Zimmer drängen zu wollen.
Изглеждаше сякаш искаше Грегор да бъде набутан
обратно в стаята му.
Dann blickte er unsicher im Wohnzimmer umher.
След това той огледа несигурно хола.
Und schließlich bedeckte er seine Augen mit den Händen.
И накрая той закри очи с ръце.
Und er weinte bitterlich, bis seine mächtige Brust erbebte.

И той плака горчиво, докато могъщите му гърди се разтресоха.

Gregor betrat ihr Zimmer tatsächlich gar nicht.

Грегор всъщност изобщо не влезе в стаята им.

Stattdessen lehnte er sich an den Türrahmen.

Вместо това той се облегна на рамката на вратата.

Von außen war nur die Hälfte seines Körpers sichtbar.

Само половината от тялото му беше видима за тези отвън.

Und auf seinem Körper befand sich sein Kopf, zur Seite geneigt.

А върху тялото му лежеше главата му, наклонена настрани.

Das Licht war inzwischen viel heller geworden als zuvor.

По това време светлината беше станала много по-ярка от преди.

Man konnte nun deutlich die andere Straßenseite sehen.

Сега човек можеше ясно да види другата страна на улицата.

Ein Teil des endlosen, grauen Krankenhauses gab sich zu erkennen.

Разкри се част от безкрайната, сива болница.

Der Morgenregen hatte noch nicht ganz aufgehört.

Сутрешният дъжд все още не беше спрял да вали напълно.

Doch nun waren die Regentropfen größer und weiter voneinander entfernt.

Но сега дъждовните капки бяха по-големи и по-далеч една от друга.

Das Frühstücksbuffet war in Hülle und Fülle vorhanden.

Ястията за закуска бяха на масата в изобилие.

Der Vater hielt das Frühstück für die wichtigste Mahlzeit.

Бащата смятал закуската за най-важното хранене.

Das Frühstück war eine Mahlzeit, die er stundenlang in die Länge zog.

Закуската беше хранене, което той проточи с часове.

Und in diesen Stunden las er die verschiedenen Zeitungen.

И в тези часове той четеше различни вестници.

Direkt gegenüber hing ein Foto von Gregor.

Точно на отсрещната стена висеше снимка на Грегор.
Das Foto an der Wand zeigte ihn als Leutnant.
Снимката на стената го изобразяваше като лейтенант.
Es war ein Foto aus seiner Zeit beim Militär.
Това беше снимка от времето, което прекара в армията.
Seine Hand ruhte auf seinem Schwert, und er hatte ein unbeschwertes Lächeln im Gesicht.
Ръката му беше върху меча, а усмивката му беше безгрижна.
Seine Haltung und seine Uniform flößten einen gewissen Respekt ein.
Позата и униформата му изискваха известно уважение.
Die andere Tür, die zum Vorzimmer führte, war ebenfalls offen.
Другата врата, която водеше към преддверието, също беше отворена.
Und die Tür zur Wohnung war auch noch offen.
И вратата на апартамента все още беше отворена.
Man konnte bis zum Vorhof des Wohnhauses sehen.
Човек можеше да вижда чак до предния двор на апартамента.
Und dann führte die Treppe hinunter auf die Straße.
И тогава стълбите водеха надолу към улицата отдолу.
Gregor war der Einzige, der die Fassung bewahrt hatte.
Грегор беше единственият, който успя да запази самообладание.
Er hat das gesehen, daher lag die Verantwortung für das Gespräch bei ihm.
Той видя това, така че разговорът беше негова отговорност.
"So, ich werde mich jetzt für die Arbeit anziehen", sagte er.
„Ами, сега ще се облека за работа“, каза той.
„Sobald ich die Textilmuster verpackt habe, werde ich abreisen.“
„След като опаковам мострите от текстил, ще си тръгна.“
"Beabsichtigen Sie immer noch, mich zu entlassen, Herr Prokurist?"

„Все още ли възнамерявате да ме уволните, господин Прокурист?“

„Wie Sie sehen, bin ich nicht so stur, wie Sie dachten.“

„Както виждаш, не съм толкова упорит, колкото си мислеше.“

„Und Sie können sehen, dass ich doch gerne arbeite.“

„И виждаш, че все пак обичам да работя.“

„Ich kann zugeben, dass Reisen aus beruflichen Gründen nicht einfach ist.“

„Мога да призная, че пътуването по работа не е лесно.“

„Aber ich kann auch akzeptieren, dass es Teil meines Jobs ist.“

„Но мога да приема и това, че е част от работата ми.“

"Manager, wo gehen Sie hin? Zurück ins Büro?"

„Управител, къде отиваш? Обратно в офиса?“

„Werden Sie alles, was Sie gesehen haben, wahrheitsgemäß berichten?“

„Ще разкажете ли честно всичко, което сте видели?“

„Manchmal kommt es vor, dass man nicht zur Arbeit gehen kann.“

Понякога се случва човек да не може да ходи на работа.

„Das ist der richtige Zeitpunkt, um sich an vergangene Erfolge zu erinnern.“

„Това е подходящият момент да си спомним за миналите постижения.“

„Nachdem die Schwierigkeit beseitigt wurde, funktioniert es sogar noch besser.“

„След като се премахне трудността, човек работи още по-добре.“

„Mein Fleiß und meine Konzentration werden zunehmen.“

„Моето старание и концентрация ще се увеличат.“

"Sie wissen ganz genau, dass ich dem Chef etwas schulde."

„Много добре знаеш, че съм задължен на шефа.“

„Aber ich mache mir auch Sorgen um meine Eltern und meine Schwester.“

„Но също така се тревожа за родителите си и сестра си.“

„Ich stecke in einer schwierigen Lage, aber ich werde einen Weg finden, da wieder herauszukommen.“

„В затруднено положение съм, но ще се справя с проблема.“

„Macht es nicht noch schwieriger, als es ohnehin schon ist.“

„Не прави това по-трудно, отколкото вече е.“

„Als Kollegen müssen wir uns auch gegenseitig helfen.“

„Като колеги, ние също трябва да си помагаме.“

„Ich weiß, dass die Büroangestellten die Reisenden nicht mögen.“

„Знам, че служителите в офиса не харесват пътешествениците.“

„Ihr glaubt, wir verdienen ein Vermögen und führen ein gutes Leben.“

„Мислиш, че печелим цяло състояние и водим добър живот.“

„Sie haben keinen wirklichen Grund, ihre Vorurteile zu hinterfragen.“

„Те нямат реална причина да се замислят за предразсъдъците си.“

„Sie als befugter Beamter haben jedoch eine andere Rolle.“

„Но вие, упълномощен служител, имате различна роля.“

„Sie haben einen besseren Überblick als die anderen Mitarbeiter.“

„Имате по-добра представа от останалите служители.“

„Tatsächlich glaube ich, dass Sie den besten Überblick haben.“

„Всъщност мисля, че може би имате най-добра обща представа.“

„Sie haben einen besseren Überblick als der Chef selbst.“

„Имаш по-добра представа от самия шеф.“

„Ich gebe zu, dass der Chef die unternehmerische Arbeit leistet.“

„Признавам, че шефът наистина върши предприемаческата работа.“

„Aber es ist leicht, dass seine Urteile in die Irre geführt werden.“

„Но е лесно преценките му да бъдат подведени.“
„Und diese kleinen Fehleinschätzungen können uns zum Nachteil gereichen.“
„И тези малки погрешни преценки могат да бъдат в наша вреда.“
„Sie wissen ja, wie leicht es ist, über den Reisenden zu sprechen.“
„Знаеш колко лесно е да се говори за пътешественика.“
„Er ist nicht da, um seinen Ruf vor Gerüchten zu verteidigen.“
„Той не е там, за да защитава репутацията си от клюки.“
„Diese Anschuldigungen können leicht nur Zufälle sein.“
„Тези обвинения лесно могат да бъдат просто съвпадения.“
„Viele Beschwerden beruhen nicht einmal auf irgendeiner Wahrheit.“
„Много оплаквания дори не се основават на никакви истини.“
„Er ist fast das ganze Jahr über nicht im Büro.“
„Той отсъства от офиса почти през цялата година.“
Welche Chance hat er, seinen Ruf zu verteidigen?
„Какъв шанс има той да защити собствената си репутация?“
„Er erfährt gar nichts von den Anschuldigungen.“
„Той дори не успява да чуе за обвиненията.“
„Er erfährt erst, was gesagt wurde, wenn es zu spät ist.“
„Той разбира какво е било казано, когато е твърде късно.“
„Zu diesem Zeitpunkt ist er von der Tagesreise völlig erschöpft.“
„До този момент той е изтощен от еднодневното пътуване.“
„Er muss die schrecklichen Konsequenzen trotzdem am eigenen Leib erfahren.“
„Той така или иначе трябва да преживее ужасните последици.“
„Auch wenn er keine Möglichkeit hat, das Problem zu verstehen.“

„Въпреки че няма начин да разбере проблема.“

"Oh Manager, gehen Sie nicht, ohne mir ein Wort zu sagen."

„О, управителю, не си тръгвайте, без да ми кажете и дума.“

„Sag mir wenigstens, dass du mir teilweise zustimmst.“

„Поне ми кажи, че отчасти си съгласен с мен.“

Der Manager hatte sich aber schon viel früher von Gregor abgewandt.

Но мениджърът се беше отвърнал от Грегор много по-рано.

Seine Schulter zuckte, als er Gregor anblickte.

Рамото му потрепна, когато погледна отново към Грегор.

Und er blieb während der gesamten Rede kein einziges Mal stehen.

И той не замръзна нито веднъж по време на речта.

Er hatte Gregor mit zusammengepressten Lippen angesehen.

Той гледаше Грегор със стиснати устни.

Er hatte sich allmählich in Richtung Tür zurückgezogen.

Той бавно се оттегляше към вратата.

Aber auch er konnte den Blick nicht von Gregor abwenden.

Но той не можеше да откъсне поглед и от Грегор.

Er hatte das Gefühl, es gäbe ein geheimes Verbot, den Raum zu verlassen.

Той чувстваше, че има тайна забрана да напуска стаята.

Zu diesem Zeitpunkt befand er sich aber bereits in der Eingangshalle.

Но по това време той вече беше във входното антре.

Und nun machte er eine plötzliche Bewegung in Richtung Ausgang.

И сега той направи рязко движение към изхода.

Er streckte seine rechte Hand in Richtung der Treppe aus.

Той протегна дясната си ръка към стълбите.

Vielleicht wartete eine übernatürliche Macht darauf, ihn zu retten.

Може би свръхестествена сила чакаше да го спаси.

Gregor wusste, dass er ihn so nicht gehen lassen konnte.

Грегор знаеше, че не може да го остави да си тръгне така.

Der Manager darf nicht in der Stimmung zurückkehren, in der er sich befand.

Мениджърът не трябва да се връща в настроението, в което беше.

Gregors Arbeitsplatz war stark gefährdet.

Сигурността на работата на Грегор беше силно застрашена.

Die Eltern konnten das alles nicht vollständig verstehen.

Родителите не можеха напълно да разберат всичко това.

Über die Jahre hatten sie sich an seine Arbeitsplatzsicherheit gewöhnt.

През годините бяха свикнали със сигурността на работното му място.

Und sie waren davon überzeugt, dass er den Job auf Lebenszeit hatte.

И те се бяха убедили, че той има работата доживот.

Stattdessen hatten sie sich mit anderen Sorgen beschäftigt.

Вместо това бяха заети с повече други грижи.

Doch diese Bedenken führten dazu, dass sie jegliche Weitsicht verloren.

Но тези опасения ги накараха да загубят всякаква далновидност.

Gregor hatte jedoch die elterliche Weitsicht nicht verloren.

Грегор обаче не беше загубил родителската далновидност.

Jemand musste den Bevollmächtigten stoppen.

Някой трябваше да спре упълномощения представител.

Er musste ihn beruhigen und überzeugen.

Щеше да се наложи да го успокои и да го убеди.

Davon hing die Zukunft von Gregor und seiner Familie ab!

Бъдещето на Грегор и семейството му зависеше от това!

Wenn doch nur die kluge Schwester da gewesen wäre, um zu helfen.

Само да беше тук интелигентната сестра, за да помогне.

Sie hatte schon geweint, als Gregor noch in seinem Zimmer war.

Тя вече беше плакала, когато Грегор още беше в стаята си.

Zu diesem Zeitpunkt lag er einfach nur ruhig auf dem Rücken.

В този момент той просто лежеше тихо по гръб.

Sie wusste damals schon um die Bedeutung der Situation.

Тя вече осъзнаваше важността на ситуацията.

Der Manager hatte bekanntermaßen eine Schwäche für Frauen.

Мениджърът имаше добре позната слабост към жените.

Sie hätte ihn leicht dazu überreden können, länger zu bleiben.

Тя лесно би могла да го убеди да остане по-дълго.

Sie hätte die Tür geschlossen und ihn wieder hineingeführt.

Тя щеше да затвори вратата и да го въведе обратно вътре.

Doch leider war die Schwester bereits aufgebrochen, um einen Arzt zu holen.

Но за съжаление сестрата беше отишла да повика лекар.

Deshalb blieb Gregor nichts anderes übrig, als es selbst zu tun.

Следователно Грегор нямаше друг избор, освен да го направи сам.

Er hatte nicht bedacht, welche Fähigkeiten er tatsächlich besaß.

Той не беше обмислял какви всъщност са способностите му.

Und er hatte vergessen, seiner Fähigkeit zu sprechen zu misstrauen.

И беше забравил да не се доверява на способността си да говори.

Dennoch verließ er die Sicherheit seines Zimmers.

Но въпреки това той напусна сигурността на стаята си.

Und er drängte sich durch die Öffnung des Zimmers.

И той се промуши през отвора на стаята.

Der Manager war bereits auf dem Weg die Treppe hinunter.

Управителят вече слизаше по стълбите.

Aber er hielt sich mit beiden Händen am Geländer fest.

Но той се държеше за парапета с две ръце.

Gregor stürzte, als er sich durch die Tür schob.

Грегор падна, докато се бутваше през вратата.

Er stieß einen kleinen Schrei aus, als er nach Halt griff.

Той издаде тих писък, докато се хващаше за опора.

Doch anstatt in Panik zu geraten, verspürte er ein körperliches Wohlbefinden.

Но вместо паника, той почувства физическо благополучие.

Zum ersten Mal an diesem Morgen fühlte sich etwas richtig an.

За първи път онази сутрин нещо се усещаше както трябва.

Alle seine Beine standen nun auf festem Boden.

Всичките му крака сега имаха твърда земя под себе си.

Er war überrascht, wie gut er seine Beine kontrollieren konnte.

Той беше изненадан колко добре можеше да контролира краката си.

Er freute sich, festzustellen, dass seine Beine ihm vollkommen gehorchten.

Той с радост забеляза, че краката му му се подчиняват напълно.

Tatsächlich trugen ihn seine Beine überall hin, wo er hinwollte.

Всъщност краката му го носеха където си поиска.

Bald würden all seine Sorgen ein Ende finden.

Скоро всичките му мъки щяха да приключат.

Doch im selben Augenblick sprang seine eigene Mutter auf.

Но в същия момент собствената му майка скочи.

Ihre Arme waren ausgestreckt und ihre Finger gespreizt.

Ръцете ѝ бяха протегнати, а пръстите ѝ разкрачени.

Und sie schrie: „Hilfe, um Gottes willen, helft mir!“

И тя извика: „Помощ, за Бога, някой да помогне!“

Sie neigte den Kopf; sie wollte Gregor besser sehen.

Тя наклони глава; искаше да види Грегор по-добре.

Doch im Gegensatz zu ihrer ersten Handlung rannte sie zurück.

Но в отговор на първото действие, тя хукна назад.

Sie hatte vergessen, dass der Tisch hinter ihr gedeckt war.

Тя беше забравила, че масата е сложена зад нея.

Alle Speisen fürs Frühstück standen noch auf dem Tisch.

Всички неща за закуска все още бяха на масата.

Sie setzte sich hastig auf den Tisch, als sei sie abgelenkt.

Тя седна бързо на масата, сякаш разсеяна.

Und sie schien den verschütteten Kaffee nicht zu bemerken.

И тя сякаш не забеляза разлятото кафе.

Der Kaffee, der inzwischen in den Teppich eingezogen war.

Кафето, което сега попиваше в килима.

„Mutter, Mutter", sagte Gregor leise und blickte zu ihr auf.

— Майко, мамо — каза тихо Грегор, поглеждайки я.

Im Moment war ihm der Manager nicht wichtig.

За момента управителят не беше важен за него.

Aber da war auch noch der Kaffee, der auf den Teppich tropfte.

Но също така имаше и кафе, капещо върху килима.

Gregor konnte nicht widerstehen und schnappte nach dem Kaffee.

Грегор не можа да се сдържи да не щракне с челюсти по кафето.

Die Mutter fing wegen seines Verhaltens wieder an zu weinen.

Майката отново започна да плаче заради поведението му.

Sie sprang vom Tisch, um Abstand von ihm zu gewinnen.

Тя скочи от масата, за да се дистанцира от него.

Und sie rannte in die Arme ihres Vaters, um Schutz zu suchen.

И тя се втурна в прегръдките на бащата, за да се спаси.

Doch Gregor hatte jetzt keine Zeit mehr für seine Eltern.

Но Грегор вече нямаше време за родителите си.

Der zuständige Beamte befand sich bereits auf der Treppe.

Упълномощеният служител вече беше на стълбите.

Er hatte sein Kinn auf dem Geländer, um ins Haus zu schauen.

Той беше подпрял брадичка на парапета, за да погледне в къщата.

Offenbar wollte er sich das Spektakel noch ein letztes Mal ansehen.

Очевидно искаше да хвърли последен поглед на зрелището.

Und Gregor unternahm einen letzten Versuch, den Manager zu erreichen.

И Грегор направи последен опит да се свърже с управителя.

Er rannte so sicher wie möglich zur Tür.

Той хукна към вратата възможно най-безопасно.

Aber der Hauptsekretär muss etwas geahnt haben.

Но главният чиновник сигурно е подозирал нещо.

Denn er sprang mehrere Stufen hinunter und verschwand.

Защото скочи няколко стъпала надолу и изчезна.

"Huh!", rief Gregor, und sein Ruf hallte durch das Treppenhaus.

„Хъ!" извика Грегор, ехото отекна по стълбището.

Die Flucht des Managers schien auch seinen Vater zu verwirren.

Бягството на управителя сякаш обърка и баща му.

Bis dahin war es ihm gelungen, recht gefasst zu bleiben.

Дотогава той успяваше да запази доста хладнокръвие.

Doch leider verlor auch er die Fassung, die er zuvor besessen hatte.

Но за съжаление и той загуби самообладанието, което имаше преди.

Er hätte Gregor bei seinem Vorhaben helfen sollen.

Това, което е трябвало да направи, е да помогне на Грегор в преследването му.

Doch er packte den Gehstock des Managers mit einer Hand.

Но той грабна бастуна на мениджъра с едната си ръка.

In seiner anderen Hand hielt er nun eine Zeitung.

А в другата си ръка сега държеше вестник.

Und nun behinderte er Gregor direkt bei seinem Vorhaben.

И сега той директно възпрепятстваше Грегор в преследването му.

Er hatte sich zwischen Gregor und die Straße gestellt.

Той се беше поставил между Грегор и улицата.

Er stampfte mit den Füßen auf und fuchtelte mit dem Stock und der Zeitung herum.

Той тропна с крака и размаха бастуна и вестника.

Und er zwang Gregor aktiv zurück in sein Zimmer.

И той активно принуждаваше Грегор да се върне в стаята му.

Keine der Bitten, die Gregor äußerte, half.

Нито една от молбите, които Грегор се опита да отправи, не помогна.

Weil keines seiner Anliegen verstanden wurde.

Защото нито една от молбите, които отправяше, не беше разбрана.

Er wandte den Kopf in eine tiefere, demütigere Haltung.

Той обърна глава под по-дълбок, по-смирен ъгъл.

Doch sein Vater antwortete, indem er noch heftiger mit den Füßen aufstampfte.

Но баща му отговори, като тропаше с крака още по-силно.

Die Mutter öffnete trotz des kühlen Wetters ein Fenster.

Майката отвори прозорец, въпреки хладното време.

Und sie presste ihr Gesicht in die Hände vor Kälte.

И тя зарови лице в ръцете си в студа.

Der Wind konnte nun durch die gesamte Wohnung strömen.

Вятърът вече можеше да преминава през целия апартамент.

Ein starker Luftzug wehte vom Treppenhaus in die Gasse.

Силен полъх духаше от стълбището към алеята.

Die Vorhänge wurden vom starken Wind hin und her bewegt.

Завесите се вееха от силния вятър.

Und die Zeitung auf dem Tisch raschelte im Wind.

И вестникът на масата шумолеше на вятъра.

Sogar einige Blätter wurden von draußen ins Haus geweht.

Дори някои листа бяха донесени от вятъра в къщата отвън.

Der Vater stampfte mit den Füßen und schob unerbittlich.

Бащата тропаше с крака и буташе неуморно.

Und er zischte und gab Geräusche von sich, wie es ein Wilder tun würde.

И той съскаше и издаваше звуци като див човек.

Gregor hatte das Rückwärtsgehen aber noch nicht geübt.

Но Грегор все още не беше практикувал ходене назад.

Selbst Gregor würde zugeben, dass diese Bewegung wesentlich langsamer vonstatten ging.

Дори Грегор би признал, че това движение е било много по-бавно.

Doch alles, was er wollte, war die Gelegenheit, umzukehren.

Всичко, което искаше обаче, беше възможността да се обърне.

Dann wäre er sofort in sein Zimmer gegangen.

Тогава щеше да отиде веднага в стаята си.

Aber er hatte zu große Angst, seinen Vater ungeduldig zu machen.

Но той твърде много се страхуваше да не накара баща си да се разтегне.

Und es bestand die Drohung mit einem Schlag mit dem Stock.

И имаше заплаха от удар с пръчката.

Ein solcher Schlag auf den Hinterkopf könnte tödlich sein.

Такъв удар в задната част на главата може да бъде фатален.

Am Ende blieb Gregor jedoch keine andere Wahl.

Но накрая Грегор не остана без друг избор.

Ihm wurde klar, dass er nicht einmal mehr geradeaus rückwärts gehen konnte.

Той осъзна, че дори не може да ходи назад изправен.

Er begann sich so schnell wie möglich umzudrehen.

Той започна да се обръща толкова бързо, колкото можеше.

Doch in Wirklichkeit war diese Drehbewegung genauso langsam.

Но в действителност това завъртане беше също толкова бавно.

Und ihm folgten die besorgten Blicke des Vaters.

И той беше последван от тревожните погледи на бащата.

Vielleicht bemerkte der Vater Gregors gute Absichten.

Може би бащата е забелязал добрите намерения на
Грегор.
Weil er ihn nicht daran hinderte, sich umzudrehen.
Защото не му попречи да се обърне.
**Er benutzte sogar die Spitze seines Stocks, um die Drehung
zu steuern.**
Той дори използваше върха на бастуна си, за да насочва
въртенето.
**Gregor wünschte sich aber dennoch, sein Vater hätte ihn
nicht angefaucht!**
Но Грегор все пак съжаляваше, че бащата не му беше
изсъскал!
**Das Zischen trug nur noch zur Verwirrung des Augenblicks
bei.**
Съскането само добави към объркването в момента.
**Und dann unterlief ihm ein Fehler, und er bog in die falsche
Richtung ab.**
И тогава той направи грешка и се обърна в грешната
посока.
**Am Ende gelang es ihm schließlich doch, den richtigen Weg
einzuschlagen.**
Накрая той най-накрая успя да се обърне в правилната
посока.
**Und er war zufrieden mit den Fortschritten, die er gemacht
hatte.**
И той беше доволен от постигнатия напредък.
Doch dann trat das nächste Problem noch deutlicher zutage.
Но тогава следващият проблем стана още по-очевиден.
**Sein Körper war zu breit, um problemlos durch die Tür zu
passen.**
Тялото му беше твърде широко, за да се промъкне лесно
през вратата.
In seinem jetzigen Zustand bemerkte der Vater dies nicht.
В сегашното си състояние бащата не забеляза това.
**Deshalb kam es ihm nicht in den Sinn, die Tür weiter zu
öffnen.**
Затова не му хрумна да отвори вратата по-нататък.

Dann wäre genügend Platz für Gregor gewesen.

Тогава щеше да има достатъчно място за Грегор.

Seine einzige Priorität war es, Gregor in sein Zimmer zu bringen.

Единственият му приоритет беше да вкара Грегор в стаята си.

Er hätte aufstehen müssen, um durch die Tür zu passen.

Щеше да се наложи да се изправи, за да се промъкне през вратата.

Der Vater hätte ein solches Manöver jedoch nicht zugelassen.

Но бащата не би позволил подобна маневра.

Tatsächlich fauchte er ihn noch heftiger an als zuvor.

Всъщност той му съскаше още по-яро от преди.

Es klang nach mehr als nur einem Mann, der ihn anzischt.

Звучеше сякаш не само един мъж му съскаше.

Seine Forderungen schienen nun an Dringlichkeit gewonnen zu haben.

Исканията му сякаш криеха нова неотложност.

Für Spielereien war jetzt wirklich keine Zeit mehr.

Наистина нямаше повече време за забавления.

Was auch immer geschah, Gregor musste durch die Tür gelangen.

Каквото и да се случи, Грегор трябваше да мине през вратата.

Er kämpfte sich ohne jegliche Rücksicht auf sich selbst durch.

Той се промуши без никакво самоуважение.

Durch die Bewegung wurde eine Seite seines Körpers nach oben gedrückt.

Едната страна на тялото му беше повдигната нагоре от движението.

Und er lag unbeholfen und schief zwischen den Türrahmen.

И той лежеше тромаво и криво между вратата.

Eine seiner Flanken war am Holz wundgescheuert.

Единият му хълбок беше охлузен в дървото.

Und er hatte hässliche Flecken auf der weiß gestrichenen Tür hinterlassen.

И беше оставил грозни петна по бяло боядисаната врата.

Auf einer Seite seines Körpers hingen die Beine zitternd in der Luft.

Краката от едната му страна висяха треперещи във въздуха.

Seine anderen Beine drückten schmerzhaft gegen den Boden.

Другите му крака бяха болезнено притиснати към пода.

Bald würde er vollständig zwischen den Türen eingeklemmt sein.

Скоро щеше да се окаже заклещен между вратата.

Und dann hätte er sich überhaupt nicht mehr bewegen können.

И тогава изобщо нямаше да може да се движи.

Doch der Vater gab ihm einen wahrhaft befreienden, starken Anstoß.

Но бащата му даде наистина освобождаващ силен тласък.

Und er stürzte, stark blutend, tief in sein Zimmer hinein.

И той падна, кървейки обилно, дълбоко в стаята си.

Der Vater knallte die Tür hinter sich mit seinem Stock zu.

Бащата затръшна вратата зад себе си с бастуна си.

Und dann kehrte endlich wieder Ruhe ein.

И тогава най-накрая отново настъпи мир и тишина.

Teil Zwei
Част втора

Gregor wachte erst viel später am Tag auf.

Грегор се събуди чак много по-късно през деня.

Die Dämmerung war hereingebrochen; er hatte tief und fest geschlafen.

Беше паднал здрач; той беше спал дълбоко и безсъзнателно.

Er wäre auch ohne Störung aufgewacht.

Щеше да се събуди дори без да бъде обезпокояван.

Denn er fühlte sich ausreichend ausgeruht und gut geschlafen.

Защото се чувстваше достатъчно отпочинал и добре спал.

Aber er glaubte, draußen flüchtige Schritte zu hören.

Но му се стори, че чу някакви мимолетни стъпки отвън.

Und vielleicht hat jemand die Haustür sorgfältig geschlossen.

И някой може внимателно да е затворил входната врата.

Das Licht der elektrischen Straßenbahn lag blass an der Decke.

Светлината на електрическия трамвай бледо падаше на тавана.

Auch die Oberseite der Möbel wurde ein wenig beleuchtet.

Горната част на мебелите също получи малко светлина.

Doch unten am Boden, auf Gregors Höhe, war es dunkel.

Но долу на земята, на нивото на Грегор, беше тъмно.

Seine Beine schoben ihn langsam wieder in Richtung Tür.

Краката му бавно го бутнаха отново към вратата.

Er war sehr neugierig, zu sehen, was dort geschehen war.

Той беше много любопитен да види какво се е случило там.

Seine Kontrolle über seine Fühler war jedoch noch nicht entwickelt.

Но контролът му върху опипванията все още не беше развит.

Obwohl er diese neuen Sensoren allmählich zu schätzen begann.

Въпреки че започна да оценява тези нови сензори.

Eine lange, unansehnliche Narbe schien seine linke Seite hinunterzulaufen.

Дълъг, неприятен белег сякаш се спускаше по лявата му страна.

Die Narbe fühlte sich an, als würde sie diese Seite seines Körpers einengen.

Белегът сякаш стягаше тази страна на тялото му.

Und so musste er buchstäblich auf seinen zwei Beinreihen humpeln.

И така, той буквално трябваше да куца на двата си реда крака.

Eines seiner Beine war an diesem Morgen schwer verletzt worden.

Единият му крак беше сериозно ранен онази сутрин.

Es war wirklich ein Wunder, dass er sich nicht noch mehr Beine gebrochen hatte.

Наистина беше чудо, че не си беше счупил още крака.

Und so schleppte er sein verletztes Bein leblos hinter sich her.

И така той влачеше безжизнено ранения си крак след себе си.

Als er die Tür erreichte, erkannte er etwas Tiefgreifendes.

Когато стигна до вратата, осъзна нещо дълбоко важно.

Es war der Geruch von etwas, der ihn dorthin gelockt hatte.

Миризмата на нещо го беше примамила там.

In Gregors Zimmer war etwas Essbares für ihn hinterlassen worden.

За Грегор беше оставено нещо годно за консумация в стаята му.

Stückchen Weißbrot schwimmen in einer Schüssel mit süßer Milch.

Парчета бял хляб, плуващи в купа със сладко мляко.

Er konnte seine innere Freude kaum verbergen.

Той едва успяваше да сдържи радостта, която бушуваше в него.

Er war jetzt noch hungriger als am Morgen.

Сега беше дори по-гладен, отколкото сутринта.

Er tauchte sofort seinen Kopf in die Schüssel mit Milch.

Той веднага потопи глава в купата с мляко.

Die Milch quoll ihm fast über den ganzen Kopf, bis zu den Augen.

Млякото се показа почти по цялата му глава, чак до очите.

Doch schon bald riss er den Kopf zurück, bitter enttäuscht.

Но скоро той отметна глава назад, горчиво разочарован.

Das Essen war aufgrund seiner empfindlichen linken Seite schwierig.

Храненето беше трудно заради крехката му лява страна.

Und er konnte nur essen, indem er mit dem ganzen Körper keuchte.

И можеше да яде само като се задъхва с цялото си тяло.

Das war jedoch nicht der wahre Grund für seine Enttäuschung.

Но това не беше истинската причина за разочарованието му.

Milch war schon immer eines seiner Lieblingsgerichte gewesen.

Млякото винаги е било едно от любимите му ястия.

Er hatte keinen Zweifel daran, dass seine Schwester sich daran erinnerte.

Той не се съмняваше, че сестра му си е спомнила това.

Und das war der Grund, warum sie ihm Milch gegeben hatte.

И това беше причината, поради която тя му беше дала мляко.

Er konnte nicht erklären, warum er Milch jetzt nicht mehr mochte.

Той не можеше да обясни защо сега не харесва млякото.

Und er wandte sich fast widerwillig von der Schüssel ab.

И той се отвърна от купата почти с неохота.

Enttäuscht kroch er zurück in die Mitte des Raumes.

Разочарован, той пропълзя обратно до средата на стаята.
Hier konnte er durch den Türspalt hindurchsehen.
Тук той успя да види през процепа на вратата.
Er konnte sehen, dass im Wohnzimmer das Feuer brannte.
Той видя, че огънят в хола е запален.
Gewöhnlich las der Vater um diese Zeit die Zeitung.
Обикновено по това време бащата четеше вестника.
Er las seiner Mutter immer mit erhobener Stimme vor.
Той винаги четеше на майка си с повишен глас.
Manchmal lauschte auch die Schwester dem Vater.
Понякога и сестрата подслушваше бащата.
Sie hatte Gregor immer von diesem Vorlesen erzählt.
Тя винаги беше разказвала на Грегор за това четене на
глас.
Doch heute war aus dem Zimmer kein Laut zu hören.
Но днес от стаята не се чуваше никакъв звук.
**Vielleicht war diese Gewohnheit bereits in Vergessenheit
geraten.**
Може би този навик вече беше излязъл от употреба.
Eine tiefe Stille hatte sich über die gesamte Wohnung gelegt.
Дълбока тишина се беше възцарила в целия апартамент.
**Obwohl er wusste, dass die Wohnung ganz sicher nicht leer
war.**
Въпреки че знаеше, че апартаментът със сигурност не е
празен.
**„Was für ein ruhiges Leben die Familie doch führte“, dachte
Gregor.**
„Какъв спокоен живот води семейството“, помисли си
Грегор.
Und er blickte mit großem Stolz in die Dunkelheit.
И той се взираше в тъмнината с голяма гордост.
**Er war stolz auf das Leben, das er ihnen hatte ermöglichen
können.**
Той се гордееше с живота, който беше успял да им даде.
Er war stolz auf die schöne Wohnung, in der sie lebten.
Той се гордееше с красивия апартамент, в който живееха.

Doch sollte dieser Frieden nun ein schreckliches Ende nehmen?

Но дали целият този мир щеше да дойде към ужасен край?

Würde man ihnen ihren Wohlstand nehmen?

Щеше ли да им бъде отнето благоденствието?

War ihre Zufriedenheit nun in Zukunft ungewiss?

Несигурно ли беше тяхното удовлетворение в бъдеще?

Doch er wollte sich nicht in solchen Gedanken verlieren.

Но той не искаше да се потапя в подобни мисли.

Um sich die Zeit zu vertreiben, kroch er die Wände rauf und runter.

За да се занимава с нещо, той пълзеше нагоре-надолу по стените.

Im Laufe des langen Abends wurde eine Tür einen Spalt breit geöffnet.

През дългата вечер една врата беше леко открехната.

Und zu einem anderen Zeitpunkt öffnete sich die andere Tür einen Spaltbreit.

И по друго време другата врата се отвори леко.

Doch beide Male wurden die Türen schnell wieder geschlossen.

Но и двата пъти вратите бързо бяха затворени отново.

Offenbar hatte jemand draußen den Wunsch, hereinzukommen.

Явно някой отвън е имал желание да влезе.

Aber sie hatten auch zu viele Bedenken, hereinzukommen.

Но те също имаха твърде много притеснения относно влизането.

Gregor blieb nun direkt vor der Wohnzimmertür stehen.

Грегор спря точно пред вратата на хола.

Er war fest entschlossen, den zögernden Besucher irgendwie zu verführen.

Той беше решен по някакъв начин да изкуши колебливия посетител.

Und er wollte auch wissen, wer der Besucher gewesen war.

И също така искаше да знае кой е бил посетителят.

Doch an diesem Abend wurde die Tür kein drittes Mal geöffnet.

Но онази вечер вратата не беше отворена за трети път.

Und Gregor verbrachte seine Zeit vergeblich damit, an der Tür zu warten.

И Грегор прекара напразно времето си в чакане до вратата.

Früher am Tag wollten sie alle in den Raum kommen.

По-рано същия ден всички искаха да влязат в стаята.

Jetzt, da die Türen unverschlossen waren, würde es ihnen leichter fallen.

Сега, щом вратите бяха отключени, щеше да им е по-лесно.

Aber sie entschieden sich dafür, auf der anderen Seite des Raumes zu bleiben.

Но те предпочетоха да останат от другата страна на стаята.

Gregor bemerkte, dass die Schlüssel nicht mehr in ihren Schlössern steckten.

Грегор забеляза, че ключовете вече не са в ключалките им.

Jemand muss die Schlüssel zum Außenschloss umgesteckt haben.

Някой сигурно е преместил ключовете към външната ключалка.

Erst spät in der Nacht wurde das Licht im Wohnzimmer ausgeschaltet.

Едва късно през нощта лампата в хола беше изключена.

Die Familie muss die ganze Zeit wach geblieben sein.

Семейството сигурно е останало будно през цялото време.

Und Gregor konnte deutlich hören, wie sie sich auf Zehenspitzen davonschlichen.

И Грегор ясно ги чуваше как се отдалечават на пръсти.

Nun würde bis zum Morgen niemand zu Gregor kommen.

Сега никой нямаше да дойде при Грегор до сутринта.

So hatte er lange Zeit für sich, um ungestört nachzudenken.

Така той имаше дълго време сам, за да мисли необезпокояван.

Wie könnte man sein Leben jetzt am besten neu ordnen?

Какъв би бил най-добрият начин да реорганизира живота си сега?

Doch die hohen Wände des leeren Zimmers ängstigten ihn.

Но високите стени на празната стая го плашеха.

Ihm blieb keine andere Wahl, als sich flach auf den Boden zu legen.

Нямаше друг избор, освен да се просне по гръб на земята.

Und er fand in diesem Raum niemals die Ursache seiner Angst.

И никога не е откривал причината за страха си в това пространство.

Es war dasselbe Zimmer, in dem er seit fünf Jahren lebte.

Това беше същата стая, в която беше живял пет години.

Halb bewusst machte er eine Bewegung in Richtung Sofa.

Полусъзнателно той направи движение към дивана.

Und ohne jede Scham versteckte er sich unter dem Sofa.

И без никакъв срам се скри под дивана.

Dort unten fühlte er sich sofort wieder sehr wohl.

Там долу той веднага се почувства отново много удобно.

Obwohl sein Rücken etwas gequetscht war.

Въпреки факта, че гърбът му беше леко притиснат.

Auch unter dem Sofa konnte er seinen Kopf nicht mehr heben.

Той вече не можеше да си вдигне глава и под дивана.

Aber selbst das zog er einem Aufenthalt im Freien vor.

Но дори това той предпочиташе пред това да бъде на открито пространство.

Er bedauerte jedoch, dass sein Körper so breit war.

Въпреки това, той съжаляваше, че тялото му е толкова широко.

Das Sofa konnte seinen ganzen Körper nicht vollständig bedecken.

Диванът не можеше да покрие напълно цялото му тяло.

Er blieb die ganze Nacht unter dem Sofa.

Той остана под дивана през цялата нощ.

Die Nacht verbrachte er halb schlafend, geplagt von seinem Hunger.

Нощта прекара полузаспал, обезпокоен от глада си.
Und die Zeit, die er wach war, verbrachte er entweder in Sorgen oder in Hoffnung.
И времето, когато беше буден, той прекарваше или в тревоги, или в надежди.
Doch all seine vagen Hoffnungen führten zu demselben Schluss.
Но всичките му смътни надежди водеха до едно и също заключение.
Ihm blieb nichts anderes übrig, als vorerst zu schweigen.
Той нямаше друг избор, освен да мълчи за момента.
Er musste der Familie gegenüber Geduld und Rücksichtnahme zeigen.
Той трябваше да прояви търпение и внимание към семейството.
Es war die einzige Möglichkeit, die Unannehmlichkeiten erträglich zu machen.
Това беше единственият начин да направи неудобството поносимо.
Die Unannehmlichkeiten, die er nun der Familie auferlegte.
Неудобството, което сега налагаше на семейството.
Er musste nicht lange warten, um sein Mitgefühl unter Beweis zu stellen.
Не му се наложи да чака дълго, за да докаже състраданието си.
Früh am Morgen schaute die Schwester in sein Zimmer.
Рано сутринта сестрата надникна в стаята му.
Obwohl es eigentlich genauso viel Nacht wie Morgen war.
Въпреки че всъщност беше както нощ, така и сутрин.
Sie war vollständig angezogen und schien aufgeregt zu sein.
Тя беше напълно облечена и изглеждаше развълнувана.
Die Tragfähigkeit seiner neu getroffenen Entscheidung könnte sich bewähren.
Силата на нововзетото му решение можеше да бъде поставена на изпитание.
Sie entdeckte ihn nicht sofort auf Anhieb.
Тя не го откри веднага с първия си поглед.

Er musste irgendwo sein; weggeflogen konnte er nicht sein.

Той трябваше да е някъде; не можеше да отлети.

Doch dann schweifte ihr Blick ein zweites Mal durch den Raum.

Но тогава погледът ѝ огледа стаята за втори път.

Und dieses Mal entdeckte sie seinen Oberkörper unter dem Sofa.

И този път тя забеляза торса му под дивана.

Sie war so verängstigt, dass sie jegliche Selbstbeherrschung verlor.

Тя беше толкова уплашена, че загуби всякакъв самоконтрол.

Und ihre erste Reaktion war, die Tür wieder zuzuschlagen.

И първата ѝ реакция беше да затръшне вратата отново.

Doch sie schien ihr Verhalten auch sofort zu bereuen.

Но тя сякаш веднага съжали за поведението си.

Kaum hatte sie die Tür zugeschlagen, öffnete sie sie auch schon wieder.

Щом затръшна вратата, тя я отвори отново.

Und diesmal schlich sie sich leise auf Zehenspitzen in den Raum.

И този път тя внимателно на пръсти влезе в стаята.

Sie bewegte sich, als ob sie eine schwerkranke Person besuchen würde.

Тя се движеше, сякаш посещаваше тежко болен човек.

Oder sie könnte einen völlig Fremden besucht haben.

Или може би е била на гости на напълно непознат човек.

Gregor drückte seinen Kopf fast bis an den Rand des Sofas.

Грегор бутна глава почти до ръба на дивана.

Und von unterhalb des Tresors beobachtete er sie im Zimmer.

И от под сейфа той я наблюдаваше в стаята.

Würde sie bemerken, dass er die Milch stehen gelassen hatte?

Дали щеше да забележи, че е оставил млякото?

Er hatte die Milch nicht etwa aus Mangel an Hunger stehen gelassen.

Не беше оставил млякото поради липса на глад.
Wollte sie ihm stattdessen anderes Essen bringen?
Дали щеше да му донесе различна храна вместо това?
Vielleicht ein Gericht, das seinen Vorlieben besser entsprach.
Може би ястие, което по-добре отговаряше на предпочитанията му.
Aber sie hätte seinen Appetit selbst bemerken müssen.
Но тя сама щеше да трябва да забележи апетита му.
Er wäre lieber verhungert, als sie davon erfahren zu lassen.
Той би предпочел да умре от глад, отколкото да я уведоми за това.
Eigentlich hätte er es ihr sehr gerne gesagt.
Всъщност много би искал да ѝ го каже.
Er war wirklich versucht, unter dem Sofa hervorzuschießen.
Той наистина се изкушаваше да стреля изпод дивана.
Er wollte sich seiner Schwester zu Füßen werfen.
Искаше му се да се хвърли в краката на сестра си.
Und er wollte sie um etwas Leckeres zu essen bitten.
И искаше да я помоли за нещо вкусно за ядене.
Doch dann blickte die Schwester zu der Schüssel mit Milch.
Но тогава сестрата погледна към купата с мляко.
Sie bemerkte sofort, dass die Schüssel noch voll war.
Тя веднага забеляза, че купата е все още пълна.
Sie war ziemlich überrascht, dass Gregor nichts gegessen hatte.
Тя беше доста изненадана, че Грегор не беше ял нищо.
Nur ein wenig Milch war auf den Boden verschüttet worden.
Само малко мляко беше разлято на пода.
Sie nahm sofort die Schüssel und trug sie hinaus.
Тя веднага взе купата и я изнесе.
Er sah, dass sie die Schüssel nicht mit bloßen Händen aufgehoben hatte.
Той видя, че тя не е вдигнала купата с голи ръце.
Stattdessen hob sie die Schüssel mit einem der Lappen hoch.
Вместо това тя вдигна купата с един от парцалите.
Gregor vergaß dieses kleine Detail jedoch sehr schnell.

Но Грегор много бързо забрави за тази малка подробност.

Er war nun von etwas ganz anderem viel begeisterter.

Сега беше много по-развълнуван от нещо друго.

Was könnte sie als Ersatz für die Milch mitbringen?

Какво би могла да донесе като заместител на млякото?

Er hatte verschiedene Vermutungen darüber, was sie wohl mitbringen könnte.

Той имаше различни мисли за това какво би могла да донесе тя.

Doch die Güte seiner Schwester übertraf seine Erwartungen.

Но добротата на сестра му надмина очакванията му.

Ihr wurde klar, dass sie herausfinden musste, was seine neuen Vorlieben waren.

Тя осъзна, че трябва да изпробва какви са новите му вкусове.

Deshalb brachte sie eine ganze Auswahl an verschiedenen Speisen mit.

Така тя донесе цяла селекция от различни храни.

Halbverfaultes Gemüse, Knochen vom Abendessen.

Полугнили зеленчуци, кости от вечерята.

Die eingedickte Soße von der anderen Mahlzeit, die sie gegessen hatten.

Втвърден сос от другото ястие, което бяха яли.

Ein paar Rosinen, einige Mandeln, trockenes Brot, Butterbrot.

Няколко стафиди, малко бадеми, сух хляб, хляб с масло.

Etwas Brot, das mit Butter bestrichen und gesalzen war.

Малко хляб, намазан с масло и осолен.

Käse, den Gregor vor zwei Tagen noch für ungenießbar erklärt hatte.

Сирене, което Грегор беше обявил за негодно за консумация преди два дни.

Die gesamte Auswahl an Speisen wurde auf einer Zeitung ausgelegt.

Цялата тази селекция от храни беше поставена върху вестник.

Und sie stellte auch eine Schüssel mit Wasser neben seine Mahlzeiten.

И тя също така постави купа с вода до храненията му.

Sie wusste, dass Gregor nicht vor ihr gegessen hätte.

Тя знаеше, че Грегор нямаше да яде пред нея.

Aus Respekt vor ihm verließ sie deshalb wieder den Raum.

Затова от уважение към него тя отново напусна стаята.

Und sie hat beim Weggehen sogar den Schlüssel im Schloss umgedreht.

И дори завъртя ключа в ключалката, когато си тръгваше.

Aber sie drehte den Schlüssel ganz leise und vorsichtig um.

Но тя завъртя ключа много тихо и внимателно.

Auf diese Weise würde nur Gregor wissen, dass die Tür verschlossen war.

По този начин само Грегор щеше да знае, че вратата е заключена.

Nun konnte er es sich so bequem machen, wie er wollte.

Сега можеше да се настани толкова удобно, колкото искаше.

Gregors Beine surrten, als es Zeit zum Essen war.

Краката на Грегор подскачаха, когато дойде време за ядене.

Bemerkenswert ist, dass er keinerlei Beschwerden mehr verspürte.

Заслужава да се отбележи, че той вече не изпитваше никакъв дискомфорт.

Seine Wunden müssen bereits vollständig verheilt sein.

Раните му сигурно вече са напълно заздравели.

Weil er seine früheren Behinderungen nicht mehr spürte.

Защото вече не усещаше предишните си увреждания.

Seine neue Fähigkeit zu heilen überraschte und verblüffte ihn.

Новата му способност да лекува го изненада и изуми.

Vor mehr als einem Monat schnitt er sich mit einem Messer in den Finger.

Преди повече от месец той си порязал пръста с нож.

Bis vor zwei Tagen schmerzte ihn diese Wunde noch.

Допреди два дни тази рана все още го болеше.

„Bin ich jetzt viel weniger empfindlich?", dachte er bei sich.

„Много по-малко чувствителен ли съм сега?", помисли си той.

Inzwischen lutschte er gierig an dem Käse.

Той вече лакомо смучеше сиренето.

Er fühlte sich vom Käse mehr angezogen als von den anderen Speisen.

Той беше привлечен от сиренето повече от другата храна.

Er aß schnell ein Stück Käse nach dem anderen.

Той бързо изяде едно парче сирене след друго.

Beim Genuss des Geschmacks traten ihm vor Zufriedenheit die Tränen in die Augen.

Очите му се насълзиха от задоволство от вкуса му.

Nach dem Käse aß er das Gemüse und die Soße.

След сиренето той изяде зеленчуците и соса.

Das frische Essen schmeckte ihm jedoch nicht.

Прясна храна обаче не му се хареса.

Tatsächlich konnte er nicht einmal den Geruch von frischen Lebensmitteln ertragen.

Всъщност той дори не можеше да понася миризмата на прясна храна.

Er hat sogar die anderen Lebensmittel von den frischen Lebensmitteln weggezerrt.

Той дори отмести другата храна от прясната.

Und im Nu hatte er auch noch das Essbare aufgegessen.

И много бързо той свърши с най-ядливата храна.

Das ganze leckere Essen hatte eine schläfrig machende Wirkung auf ihn.

Цялата вкусна храна му действаше сънотворно.

Und er lag träge an der Stelle, wo er gegessen hatte.

И той лежеше лениво на мястото, където беше ял.

Schließlich kam seine Schwester zurück, um noch einmal nach ihm zu sehen.

Накрая сестра му се върна да го провери отново.

Sie hatte die Weitsicht, den Schlüssel ganz langsam umzudrehen.

Тя имаше далновидността да завърти ключа много бавно.
Dies war für Gregor ein Warnsignal, sich zurückzuziehen.
Това предупреди Грегор, че трябва да се оттегли.
Benommen und erschrocken huschte er zurück unter das Sofa.
Замаян и стреснат, той побърза обратно под дивана.
Doch diesmal war es nicht so einfach, unter dem Sofa zu bleiben.
Но този път да остана под дивана не беше толкова лесно.
Sein Körper war durch das viele Essen etwas runder geworden.
Тялото му се беше леко закръглило от всичката храна.
Und er musste sich beherrschen, nicht wieder auszulaufen.
И трябваше да се контролира, за да не избяга отново.
Auch wenn die Schwester nicht lange im Zimmer blieb.
Въпреки че сестрата не остана дълго в стаята.
In dem engen Raum rang er nach Luft.
Той се мъчеше да диша под това тясно пространство.
Doch er überwand die kurzen Anfälle von Atemnot.
Но той преодоля малките пристъпи на задушаване.
Mit aufgerissenen Augen beobachtete er die Aktivitäten der Schwester.
С изпъкнали очи той наблюдаваше действията на сестрата.
Die ahnungslose Schwester schüttete alles in einen Eimer.
Нищо неподозиращата сестра изля всичко в кофа.
Sie entsorgte nicht nur das Essen, das Gregor nicht gegessen hatte.
Тя не само се е избавила от храната, която Грегор не е ял.
Aber sie entsorgte auch das Essen, das er nicht angerührt hatte.
Но тя изхвърляше и храната, която той не беше докоснал.
Offenbar war dieses Essen nun für niemanden mehr genießbar.
Очевидно тази храна вече не беше годна за консумация от никого.

Anschließend verschloss sie den Futtereimer mit einem Holzdeckel.

След това тя затвори кофата с храна с дървен капак.

Und mit dem Essen, dem Eimer und dem Wischmopp ging sie.

И с храната, кофата и мопа, тя си тръгна.

Gregor hätte nicht mehr lange warten können.

Грегор нямаше да може да чака още дълго.

Sobald sie weg war, entkam er unter dem Sofa hervor.

Щом тя си тръгна, той избяга изпод дивана.

Und er streckte sich aus und atmete erleichtert auf.

И той се протегна и въздъхна от облекчение.

So erhielt Gregor von nun an regelmäßig seine Nahrung.

Ето как Грегор получаваше храна отсега нататък.

Seine Schwester gab ihm einmal früh am Morgen etwas zu essen.

Сестра му му даде храна веднъж рано сутринта.

Zu dieser Stunde schliefen die Eltern und das Dienstmädchen noch.

По това време родителите и прислужницата все още спяха.

Und er erhielt eine zweite Mahlzeit, nachdem alle anderen bereits zu Mittag gegessen hatten.

И той получи второ хранене, след като всички обядваха.

Denn zu dieser Zeit schliefen die Eltern auch eine Weile.

Защото по това време и родителите спаха известно време.

Und das Dienstmädchen wurde von der Schwester mit einer Besorgung weggeschickt.

И прислужницата беше изпратена от сестрата по някаква работа.

Sie hatten ganz sicher nicht die Absicht, Gregor verhungern zu lassen.

Те със сигурност нямаха намерение да гладуват Грегор.

Aber sie hätten ihm auch nicht beim Essen zusehen wollen.

Но и те нямаше да искат да го гледат как яде.

Die Angaben der Schwester reichten als Information aus.

Това, което сестрата спомена, беше достатъчна информация.

Vielleicht war es ihre Art, den Eltern den Kummer zu ersparen.

Може би това беше нейният начин да спести мъката на родителите.

Sie hatten unter seinen Taten schon genug gelitten.

Те вече бяха страдали достатъчно от действията му.

Der erste Tag verblasste langsam zu einer fernen Erinnerung.

Първият ден бавно се превръщаше в далечен спомен.

Gregor hatte keine Möglichkeit zu erfahren, was an diesem Tag geschah.

Грегор нямаше как да знае какво се е случило този ден.

Wie wurde der Schlüsseldienstmitarbeiter aus der Wohnung geleitet?

Как беше изведен ключарят от апартамента?

Mit welchen Ausreden war der Arzt schließlich zufrieden?

С какви извинения най-накрая беше доволен лекарят?

Er hatte keinen Weg gefunden, sich verständlich zu machen.

Той не беше намерил начин да се изкаже разбираемо.

Es gelang ihm nicht einmal, mit seiner Schwester zu kommunizieren.

Той дори не успя да общува със сестра си.

Und so dachten sie, er könne sie nicht verstehen.

И затова те си помислиха, че той не може да ги разбере.

Und deshalb wurde auch kein Versuch unternommen, mit ihm zu sprechen.

И затова не беше направен никакъв опит да се говори с него.

Seine Schwester kam jeden Morgen und jeden Mittag in sein Zimmer.

Сестра му идваше в стаята му всяка сутрин и на обяд.

Doch er musste sich damit begnügen, ihre Seufzer zu hören.

Но трябваше да се задоволи с това да чуе въздишките ѝ.

Später gewöhnte sie sich dann doch etwas mehr an Gregors Gestalt.

По-късно тя все пак свикна малко повече с формата на Грегор.

Und sie fühlte sich etwas freier, weitere Bemerkungen zu machen.

И тя почувства малко повече свобода да прави още забележки.

(Obwohl sie sich nie ganz an ihn gewöhnen würde.)

(Въпреки че никога нямаше да свикне напълно с него.)

Und dann fühlte sich Gregor wieder etwas mehr angesprochen.

И тогава Грегор отново се почувства малко по-заговорен.

Und er nahm wahr, was er als freundliche Kommentare empfand.

И той долови това, което възприе като приятелски коментари.

„Ihm hat das Essen heute geschmeckt" oder „Er hat alles aufgegessen".

„Днес храната му хареса" или „изяде всичко".

Das war aber erst der Fall, nachdem er sein gesamtes Essen aufgegessen hatte.

Но това беше едва когато беше изял цялата си храна.

Doch in letzter Zeit kam dies immer seltener vor.

Но напоследък това ставаше все по-рядко срещано.

„Er hat sein Essen kaum angerührt", sagte sie jetzt immer öfter.

„Почти не докосна храната си", казваше тя вече по-често.

Und jedes Mal schwang ein Hauch von Traurigkeit in ihrer Stimme mit.

И всеки път в гласа ѝ се долавяше нотка на тъга.

Gregor konnte keine anderen Nachrichten direkter empfangen.

Грегор не можеше да чуе други новини по-пряко.

Aber er hörte viele Neuigkeiten aus den angrenzenden Zimmern mit.

Но той подслуша много новини от съседните стаи.

Als er Stimmen hörte, rannte er zur entsprechenden Tür.

Когато чу гласове, той хукна към съответната врата.

Und er presste seinen ganzen Körper gegen die Tür, um zu hören.

И той се притисна с цялото си тяло към вратата, за да чуе.

Alle Gespräche drehten sich in irgendeiner Weise um ihn.

Всички разговори го засягаха по един или друг начин.

Selbst wenn es scheinbar um etwas ganz anderes ging.

Дори когато темата сякаш беше за нещо друго.

Diese Beobachtung traf insbesondere in der Anfangszeit zu.

Това наблюдение беше особено вярно в ранните дни.

Bei jeder Mahlzeit wiederholten sie die gleiche Diskussion.

По време на всяко хранене те повтаряха един и същ разговор.

Sie waren sich noch immer unsicher, wie sie sich ihm gegenüber verhalten sollten.

Те все още не бяха сигурни как да се държат около него.

Das gleiche Thema wurde aber auch zwischen den Mahlzeiten besprochen.

Но същата тема се обсъждаше и между храненията.

Weil immer zwei Familienmitglieder zu Hause waren.

Защото винаги имаше двама членове на семейството у дома.

Niemand wollte allein im Haus bleiben.

Никой не искаше да остане сам в къщата.

Aber die Wohnung leer stehen zu lassen, kam auch nicht in Frage.

Но оставянето на апартамента празен също беше изключено.

Das Dienstmädchen war die Einzige, die nicht an die Wohnung gebunden war.

Камериерката беше единствената, която не беше обвързана с апартамента.

Sie hatte bereits am ersten Tag darum gebeten, gehen zu dürfen.

Тя беше поискала да си тръгне още първия ден.

Sie kniete nieder und flehte darum, entlassen zu werden.

Тя падна на колене и се замоли да бъде освободена.

Die Familie wusste nicht, wie viel das Dienstmädchen tatsächlich wusste.

Семейството не знаеше колко всъщност знае прислужницата.

Zu diesem Zeitpunkt hatte sie nicht mehr gesehen als alle anderen.

На този етап тя не беше видяла повече от всеки друг.

Was geschehen war, blieb der Familie weiterhin ein Rätsel.

Какво се беше случило, все още беше загадка за семейството.

Doch eine Viertelstunde später verabschiedete sie sich.

Но четвърт час по-късно тя се сбогува.

Und sie dankte der Familie mit Tränen in den Augen.

И тя благодари на семейството със сълзи на очи.

Aber eigentlich dankte sie ihnen dafür, dass sie sie freigelassen hatten.

Но всъщност тя им благодари, че са я освободили.

Sie schienen ihr größte Freundlichkeit entgegengebracht zu haben.

Изглежда, че са й проявили най-голяма доброта.

Sie leistete sogar einen Eid, ohne dazu aufgefordert worden zu sein.

Тя дори положи клетва, без да бъде помолена за това.

Sie sagte, sie würde niemandem erzählen, was passiert war.

Тя каза, че няма да каже на никого какво се е случило.

Nun musste die Schwester zusammen mit ihrer Mutter kochen.

Сега сестрата трябваше да готви заедно с майка си.

Das war aber keine allzu große Unannehmlichkeit.

Но това всъщност не беше чак толкова голямо неудобство.

Weil die beiden sowieso fast nichts aßen.

Защото двамата така или иначе почти нищо не ядоха.

Immer und immer wieder hörte Gregor dasselbe Gespräch mit.

Грегор отново и отново подслушваше един и същ разговор.

Einer der beiden sagte dem anderen, er müsse mehr essen.
Единият казваше на другия, че трябва да яде повече.
Diese Person erhielt jedoch keine Antwort von der betreffenden Person.
Но този човек не получи отговор от човека.
„Danke, ich habe genug", oder etwas Ähnliches.
„Благодаря, стига ми" или нещо подобно.
Vielleicht tranken sie auch gar nichts mehr.
Може би и те вече не са пили нищо.
Die Schwester fragte ihren Vater oft, ob er Bier wolle.
Сестрата често питаше баща си дали иска бира.
Und sie bot freundlicherweise an, das Bier selbst zu holen.
И тя топло предложи сама да донесе бирата.
Der Vater schwieg auf ihre Bitte hin stets.
Бащата винаги мълчеше по нейно искане.
Die Schwester musste also einen Weg finden, jeden Zweifel auszuräumen.
Така че сестрата трябваше да намери начин да разсее всяко съмнение.
Und sie sagte, sie würde das Dienstmädchen losschicken, um Bier zu holen.
И тя каза, че ще изпрати прислужницата да донесе бира.
Doch dann sagte der Vater schließlich ein lautes, deutliches „Nein".
Но тогава бащата най-накрая каза едно голямо, категорично „не".
Das Thema, dass er ein Bier trank, wurde danach nicht mehr erwähnt.
След това темата за това, че пие бира, вече не се споменаваше.
Er hatte die finanzielle Situation bereits zuvor erläutert.
Той вече беше обяснил финансовото положение преди това.
Tatsächlich sprach er schon am ersten Tag über Finanzen.
Всъщност той спомена финанси още в първия ден.
Er machte ihnen die Aussichten deutlich.
Той ги е уведомил добре какви са перспективите.

Sein eigenes Unternehmen war vor etwa fünf Jahren zusammengebrochen.

Неговият собствен бизнес се беше сринал преди около пет години.

Hin und wieder stand er auf, um den Tisch zu verlassen.

От време на време той ставаше, за да стане от масата.

Und er ging zur Kasse seines alten Geschäfts.

И той отиде до касата на стария си бизнес.

Aus Sentimentalität hatte er die Kasse aufgehoben.

Той беше спасил касовия апарат от сантименталност.

Gregor hörte, wie er ein schweres und kompliziertes Schloss öffnete.

Грегор го чу как отключва тежка и сложна ключалка.

Und er holte Quittungen und Bücher aus der Kasse.

И той извади касови бележки и книги от касата.

Nachdem er die Gegenstände an sich genommen hatte, schloss er die Geldkassette wieder ab.

След като взе предметите, той отново заключи касата.

Gregor hatte seit seiner Gefangennahme keine guten Nachrichten mehr erhalten.

Грегор не беше чувал добри новини, откакто беше в затвора.

Er glaubte, das Geschäft habe seinen Vater in den Ruin getrieben.

Той смяташе, че бизнесът е довел баща му до фалит.

Dieser Eindruck war Gregor vom Vater sicherlich vermittelt worden.

Бащата със сигурност беше създал такова впечатление у Грегор.

Und Gregor fragte ihn nie wieder nach den Finanzen.

И Грегор никога повече не го попита за финансите.

Gregor wollte alles tun, was er konnte, um der Familie zu helfen.

Грегор искаше да направи всичко възможно, за да помогне на семейството.

Er wollte ihnen helfen, das geschäftliche Unglück zu vergessen.

Той искаше да им помогне да забравят бизнес неуспеха.
Der Bankrott, der zur völligen Hoffnungslosigkeit führte.
Фалитът, който доведе до пълна безнадеждност.
So begann er mit einer ganz besonderen Leidenschaft zu arbeiten.
така че той започна да работи с много специална страст.
Er war quasi über Nacht zum Handelsreisenden geworden.
Той се беше превърнал в пътуващ търговец почти за една нощ.
Davor hatte er lediglich als schlecht bezahlter Angestellter gearbeitet.
Преди това той просто работеше като нископлатен чиновник.
Nun boten sich ihm völlig andere Verdienstmöglichkeiten.
Сега той имаше съвсем различни възможности за печалба.
Erfolgreiche Verkäufe konnten sofort in Bargeld umgewandelt werden.
Успешните продажби могат веднага да бъдат превърнати в пари в брой.
Das Geld wird natürlich aus seinen Provisionen ausgezahlt.
Парите, разбира се, се изплащат от комисионните му.
Nun konnte Gregor Geld auf den Familientisch bringen.
Сега Грегор можеше да сложи пари на семейната маса.
Und sie waren erstaunt und erfreut über seinen Verdienst.
И те бяха изумени и щастливи от печалбите му.
Aber diese schönen Zeiten werden sich nicht wiederholen.
Но тези прекрасни времена няма да се повторят.
Sie hatten sich gerade erst an diese schönen Zeiten gewöhnt.
Те едва бяха свикнали с тези хубави времена.
Jeden Zahltag nahm die Familie das Geld dankbar entgegen.
Всеки ден за заплата семейството с благодарност приемало парите.
Und Gregor war ebenso gern bereit, das Geld herauszugeben.
И Грегор беше също толкова щастлив да предаде парите.
Doch die im Gegenzug entgegengebrachte herzliche Zuneigung erlosch allmählich.

Но топлата обич, дадена в замяна, бавно угасна.

Nur seine Schwester stand Gregor noch so nahe wie zuvor.

Само сестра му остана толкова близка с Грегор, колкото преди.

Im Gegensatz zu Gregor hatte sie eine tiefe Wertschätzung für Musik.

Тя, за разлика от Грегор, имаше дълбока любов към музиката.

Und sie konnte sehr berührend Geige spielen.

И тя знаеше как да свири на цигулка много трогателно.

Gregor plante insgeheim, sie auf eine Musikschule zu schicken.

Грегор тайно планирал да я изпрати в музикално училище.

Er hatte noch nicht entschieden, wie er die Kosten decken würde.

Той все още не беше решил как ще плати разходите.

Aber irgendwie würde er die Kosten decken.

Но по един или друг начин той щеше да покрие разходите.

Gelegentlich unternahmen Gregor und seine Familie Kurztrips.

Понякога Грегор и семейството ходеха на кратки екскурзии.

Gregor und seine Schwester sprachen oft über dieses Thema.

Грегор и сестрата често повдигаха темата.

Es wurde aber immer nur als eine wunderbare Idee erwähnt.

Но това беше споменавано само като прекрасна идея.

Sie glaubten nicht wirklich, dass der Traum in Erfüllung gehen könnte.

Те всъщност не вярваха, че мечтата може да се осъществи.

Und den Eltern gefielen solche fantasievollen Ambitionen nicht.

И родителите не харесваха подобни фантастични амбиции.

Selbst wenn das Thema ganz harmlos angesprochen wurde.

Дори когато темата беше повдигната съвсем невинно.

Gregor dachte aber weiterhin an die Musikschule.

Но Грегор продължаваше да мисли за музикалното училище.

Und er hatte vor, das Geschenk am Heiligabend anzukündigen.

И планираше да обяви подаръка в навечерието на Коледа.

In seinem jetzigen Zustand wäre das natürlich unmöglich.

Разбира се, в сегашното му състояние това би било невъзможно.

Doch solche Gedanken gingen ihm durch den Kopf.

Но подобни мисли му минаваха през главата.

Und solche Gedanken kamen ihm, während er der Familie zuhörte.

И той имаше такива мисли, докато слушаше семейството.

Manchmal war er zu müde, um ihnen weiter zuzuhören.

Понякога се уморяваше твърде много, за да продължи да ги слуша.

Vor Erschöpfung sank sein Kopf gegen die Tür.

Главата му падна на вратата от умора.

Doch er legte sofort wieder seinen Kopf gegen die Tür.

Но той веднага отново опря глава на вратата.

Denn selbst das leiseste Geräusch war draußen zu hören.

Защото дори и най-малкият шум можеше да се чуе отвън.

Und jedes Geräusch, das er machte, brachte die Familie zum Schweigen.

И всеки шум, който издаваше, караше семейството да замълчи.

„Was macht er denn jetzt?“, fragte der Vater die Familie.

„Какво прави той сега?“, попита бащата семейството.

Und er ging zur Tür, um nachzusehen, was das Geräusch verursachte.

И той отиде до вратата, за да провери какъв е шумът.

Und dann wurde das unterbrochene Gespräch allmählich wieder aufgenommen.

И тогава прекъснатият разговор постепенно се възобнови.

**Was der Vater aber sagte, überraschte alle auf positive
Weise.**

Но това, което бащата каза, изненада всички
положително.

Gregor erfuhr nun den wahren Stand der Finanzen.

Грегор сега научи истинското финансово състояние.

Trotz all des Unglücks gab es auch etwas Glück.

Въпреки всички нещастия, имаше и добър късмет.

Ein kleines Vermögen aus alten Zeiten war noch vorhanden.

Много малко състояние от миналото все още беше там.

Der Vater erklärte die Dinge, musste sich aber wiederholen.

Бащата обясни нещата, но трябваше да повтори.

**Weil er sich eine Weile nicht mehr mit diesen Dingen
befasst hatte.**

Защото от известно време не се беше занимавал с тези
неща.

Und weil die Mutter solche Dinge nicht verstand.

И защото майката не разбираше такива неща.

Die Zinssätze der Bank waren etwas gestiegen.

Лихвените проценти от банката се бяха повишили леко.

Das unberührte Geld hatte sich stärker erhöht als erwartet.

Недокоснатите пари се бяха увеличили повече от
очакваното.

**Darüber hinaus hatte Gregor ihnen immer seine Ersparnisse
gegeben.**

Освен това, Грегор винаги им беше давал спестяванията
си.

Er hatte nur wenige Gulden für sich behalten.

Той винаги беше задържал само няколко гулдена за себе
си.

**Und sein Geld war auch noch nicht vollständig
aufgebraucht.**

И парите му не бяха напълно изразходвани.

**Zusammen hatte sich dieses Geld zu einem kleinen Kapital
angesammelt.**

Заедно тези пари се бяха натрупали в малък капитал.

Gregor nickte hinter seiner Tür eifrig zu der Nachricht.

Грегор, зад вратата си, кимна нетърпеливо в отговор на новината.

Er war erfreut über diese unerwartete Vorsicht und Sparsamkeit.

Той беше доволен от тази неочаквана предпазливост и пестеливост.

Die überschüssigen Mittel hätten zur Tilgung der Schulden verwendet werden können.

Излишните средства биха могли да бъдат използвани за изплащане на дълга.

Dann hätten sie dem Chef nichts mehr geschuldet.

Тогава вече нямаше да дължат нищо на шефа.

Und Gregor hätte schon viel früher eine neue Stelle annehmen können.

И Грегор можеше да се премести на нова работа много по-рано.

Aber so, wie der Vater es arrangiert hatte, war es jetzt viel besser.

Но начинът, по който бащата го уреди, сега беше много по-добър.

Das Geld reichte nicht ganz zum Leben von den Zinsen.

Парите не бяха съвсем достатъчни, за да се живее от лихвите.

Und ein Teil des Geldes musste für Notfälle zurückgelegt werden.

И трябваше да се заделят някои пари за спешни случаи.

Das Geld hätte nur für ein oder zwei Jahre gereicht.

Парите щяха да са достатъчни само за година-две.

Das bedeutete, dass jemand Geld verdienen musste, damit sie leben konnten.

Това означаваше, че някой трябва да печели пари, за да живеят.

Der Vater war nicht krank und er war stark genug.

Бащата не беше болен и беше достатъчно силен.

Doch er war seit mehr als fünf Jahren arbeitslos.

Но той беше безработен повече от пет години.

Und aufgrund seines Alters hatte er kaum noch Selbstvertrauen.

И поради възрастта си, той нямаше почти никакво самочувствие.

Er hatte in letzter Zeit auch deutlich an Gewicht zugenommen.

Той също така беше качил доста килограми напоследък.

Sein Leben war stets mühsam und erfolglos gewesen.

Животът му винаги е бил труден и неуспешен.

Und dies war der erste Urlaub, den er je verbracht hatte.

И това беше първата му почивка.

Und da er nicht beschäftigt war, war er ziemlich ungeschickt geworden.

И без да бъде зает, той беше станал доста непохватен.

Wäre es besser, wenn die alte Mutter das Geld verdienen würde?

Щеше ли да е по-добре, ако старата майка печелеше парите?

Die alte Mutter, die an Asthma litt.

Възрастната майка, която страдаше от астма.

Die alte Mutter, die Mühe hatte, die Treppe hinaufzugehen.

Старата майка, която се мъчеше да се качи по стълбите.

Die alte Mutter, die ihre Zeit damit verbrachte, auf dem Sofa zu liegen.

Старата майка, която прекарваше времето си, излежавайки се на дивана.

Die alte Mutter, die es vorzog, am Fenster zu sitzen.

Старата майка, която предпочиташе да стои до прозореца.

Damit sie bei Bedarf durchatmen konnte.

За да може да си поеме дъх, когато има нужда.

Wäre es besser, wenn die jüngere Schwester das Geld verdienen würde?

Щеше ли да е по-добре, ако по-младата сестра печелеше парите?

Die Schwester, die mit siebzehn Jahren noch ein Kind war.

Сестрата, която на седемнадесет години беше все още дете.

Die Schwester, die nur wenige, bescheidene Freuden hatte.

Сестрата, която имаше само няколко скромни удоволствия.

Die Schwester, die am liebsten Geige spielte.

Сестрата, която най-вече се наслаждаваше на свиренето на цигулка.

Sie wusste, dass ihr bisheriger Lebensstil sehr beneidenswert war;

Тя знаеше, че предишният ѝ начин на живот е бил много завиден;

Sich schick anziehen, ausschlafen, im Haushalt helfen.

Да се обличаш добре, да ставаш късно, да помагаш в къщата.

Das Gespräch drehte sich oft um die Notwendigkeit, Geld zu verdienen.

Разговорът често се насочваше към нуждата от печелене на пари.

Gregor war immer der Erste, der die Tür losließ.

Грегор винаги пръв пускаше вратата.

Das Gespräch erfüllte ihn mit Scham und Trauer.

Разговорът го разпали от срам и мъка.

Also warf er sich auf das kühle Ledersofa.

Затова се хвърли върху изстиващия кожен диван.

Und den Rest der Nacht verbrachte er oft auf dem Sofa.

И често прекарваше остатъка от нощта на дивана.

Er hat nie wirklich auf dem Sofa geschlafen, auch nicht nachts.

Той никога не спеше истински на дивана, нито през нощта.

Oft kratzte er stundenlang an dem Leder.

Често той просто драскаше кожата с часове.

Manchmal schob er den Sessel ans Fenster.

Друг път той бутваше креслото до прозореца.

Allein dies erforderte von seiner Seite einen erheblichen Aufwand.

Само това изискваше големи усилия от негова страна.

Der Sessel half ihm, auf die Fensterbank zu klettern.

Фотьойлът му помогна да се качи на перваза на прозореца.

Und von dort aus konnte er sich ans Fenster lehnen.

И оттам той можеше да се облегне на прозореца.

Er empfand dabei stets ein großes Gefühl der Freiheit.

Той изпитваше огромно чувство на свобода, правейки това.

Vielleicht suchte er nach einem alten, befreienden Gefühl.

Може би е търсел някакво старо чувство на освобождаване.

Doch seine Sehkraft war nicht mehr so scharf wie früher.

Но зрението му не беше толкова остро, колкото преди.

Dinge in geringer Entfernung waren verschwommen und undeutlich.

Нещата на известно разстояние бяха размазани и неясни.

Er konnte das Krankenhaus auf der anderen Straßenseite nicht mehr sehen.

Вече не можеше да види болницата отсреща.

Vorher hatte er den Anblick verflucht, jetzt wollte er ihn sehen.

Преди беше проклинал гледката, сега искаше да я види.

Er wusste, dass er in der ruhigen, städtischen Charlottenstraße wohnte.

Той знаеше, че живее на тихата, градска улица „Шарлотенщрасе“.

Aber vielleicht dachte er, er blicke in die Wüste.

Но може би си е помислил, че гледа в пустинята.

Eine Ödnis, wo grauer Himmel und graue Erde verschmolzen.

Пустошта, където сивото небе и сивата земя се сливаха.

Zweimal bemerkte die aufmerksame Schwester, dass der Stuhl verschoben worden war.

Два пъти внимателната сестра забеляза, че столът се е преместил.

Nachdem sie aufgeräumt hatte, schob sie den Stuhl zurück ans Fenster.

След като подреди, тя бутна стола обратно до прозореца.

Und von nun an ließ sie sogar den Fensterflügel offen.

И отсега нататък тя дори оставяше крилото на прозореца отворено.

Gregor wünschte sich sehr, er hätte mit seiner Schwester sprechen können.

Грегор наистина искаше да можеше да говори със сестра си.

Er wollte ihr für alles danken, was sie für ihn getan hatte.

Той искаше да ѝ благодари за всичко, което направи за него.

Dann hätte er ihre Dienste leichter toleriert.

Тогава щеше да понася услугите им по-лесно.

Doch so wie die Dinge standen, litt er darunter, dass sie ihm half.

Но така или иначе, той страдаше от това, че тя му помагаше.

Die Schwester versuchte natürlich, die Peinlichkeit zu überspielen.

Сестрата, разбира се, се опита да прикрие смущението.

Und sie tat ihr Bestes, so zu tun, als ob sie sich nicht belastet fühlte.

И тя правеше всичко възможно да се преструва, че не се чувства обременена.

Natürlich musste sie das erst einmal üben.

Разбира се, това е нещо, което тя първо трябваше да практикува.

Und je mehr Zeit verging, desto besser wurde sie darin.

И колкото повече време минаваше, толкова по-добра ставаше в това.

Gregor erhielt jedoch auch mehr Zeit, um ihr Täuschungsmanöver zu durchschauen.

Но на Грегор му беше дадено и повече време да види преструвките ѝ.

Schon das Betreten seines Zimmers durch sie war für ihn eine Tortur.

Дори влизането ѝ в стаята му беше истинско изпитание за него.

Kaum war sie eingetreten, rannte sie direkt zum Fenster.

Щом влезе, тя хукна право към прозореца.

Sie nahm sich nicht einmal die Zeit, die Tür zu schließen.

Тя дори не отдели време да затвори вратата.

Normalerweise ersparte sie allen den Anblick von Gregors Zimmer.

Обикновено тя не показваше на всички стаята на Грегор.

Und mit hastigen Händen riss sie das Fenster auf.

И тя отвори прозореца с припряни ръце.

Dann atmete sie wieder, als ob sie erstickt wäre.

После отново си пое дъх, сякаш се задушаваше.

Die einströmende Luft war kalt, und sie atmete tief durch.

Влизащият въздух беше студен и тя си пое дълбоко дъх.

Dennoch blieb sie noch eine Weile am Fenster stehen.

Но въпреки това тя остана известно време до прозореца.

Mit dieser Routine ängstigte sie Gregor zweimal täglich.

Тя плашеше Грегор по два пъти на ден с тази рутина.

Während sie im Zimmer war, zitterte er unter dem Sofa.

Докато тя беше в стаята, той трепереше под дивана.

Er wusste, dass sie ihm diese Tortur gern erspart hätte.

Той знаеше, че тя би искала да му спести това изпитание.

Aber sie konnte nicht in dem Zimmer sein, wenn das Fenster geschlossen war.

Но тя не можеше да бъде в стаята със затворен прозорец.

Einmal kam sie etwas früher.

Веднъж тя дойде малко по-рано.

Vermutlich etwa einen Monat nach Gregors Verwandlung.

Вероятно около месец след трансформацията на Грегор.

Sie hatte sich ein wenig an sein neues Aussehen gewöhnt.

Тя донякъде беше свикнала с новия му външен вид.

Sie hatte also keinen Grund mehr, besonders schockiert zu sein.

Така че тя вече нямаше причина да бъде особено шокирана.

Sie fand ihn immer noch regungslos aus dem Fenster starrend vor.

Тя го намери все още неподвижно втренчен през прозореца.

Er befand sich am schrecklichsten Ort, an dem er hätte sein können.

Той се намираше на най-ужасното място, на което можеше да се окаже.

Er wäre nicht überrascht gewesen, wenn sie nicht hereingekommen wäre.

Нямаше да се изненада, ако тя не беше влязла.

Er hinderte sie daran, das Fenster zu öffnen.

Където той ѝ попречи да отвори прозореца.

Sie verließ schnell wieder das Zimmer und schloss die Tür.

Тя бързо излезе от стаята и отново затвори вратата.

Ein Fremder hätte zu allen möglichen Schlussfolgerungen gelangen können.

Един непознат би могъл да стигне до всякакви заключения.

Vielleicht wartete er nur auf die Gelegenheit, sie zu beißen.

Може би просто чакаше възможността да я ухапе.

Gregor versteckte sich natürlich sofort unter dem Sofa.

Грегор, разбира се, веднага се скри под дивана.

Doch er musste bis Mittag warten, bis seine Schwester zurückkehrte.

Но трябваше да чака до обяд, за да се върне сестра му.

Und sie wirkte viel unruhiger als sonst.

И тя изглеждаше много по-неспокойна от обикновено.

Ihm wurde klar, dass der Anblick von ihm immer noch unerträglich war.

Той осъзна, че гледката му все още е непоносима.

Der Anblick von ihm würde für sie weiterhin unerträglich bleiben.

Гледката му щеше да остане непоносима за нея.

Sie konnte es wahrscheinlich nicht ertragen, auch nur einen Teil von ihm zu sehen.

Вероятно не би могла да понесе да види каквато и да е част от него.

Ein kleines Teil ragte immer unter dem Sofa hervor.

Една малка част винаги стърчеше изпод дивана.

Eines Tages trug er ein Bettlaken auf dem Rücken zum Sofa.

Един ден той носеше чаршаф на гръб към дивана.

Er wollte verhindern, dass sie irgendetwas von ihm sah.

Той искаше да я предпази от това да види каквато и да е част от него.

Er richtete das Bettlaken so aus, dass er vollständig verdeckt war.

Той нагласи чаршафа така, че да бъде скрит целият му вид.

Selbst wenn sie sich bückte, könnte sie ihn nicht sehen.

Дори и да се наведеше, нямаше да може да го види.

Für Gregor dauerte die gesamte Arbeit mehr als drei Stunden.

Цялото усилие отне на Грегор повече от три часа.

Möglicherweise hielt sie das Bettlaken für überflüssig.

Може би си е помислила, че чаршафът е ненужен.

Sie hätte gewusst, dass er das Bettlaken nicht wollte.

Тя щеше да знае, че той не иска чаршафа.

Er tat es zu ihrem Wohlbefinden und nicht für sich selbst.

Правеше го за нейно удобство, а не за себе си.

Und sie hätte das Bettlaken abnehmen können, wenn sie gewollt hätte.

И можеше да махне чаршафа, ако искаше.

Aber sie ließ das Bettlaken dort, wo Gregor es hingelegt hatte.

Но тя остави чаршафа там, където го беше сложил Грегор.

Und Gregor glaubte sogar, einen dankbaren Blick erhascht zu haben.

И Грегор дори си помисли, че е уловил благодарен поглед.

Er hatte das Bettlaken vorsichtig mit dem Kopf angehoben.

Той внимателно повдигна чаршафа с глава.

Er wollte herausfinden, ob seiner Schwester die Vereinbarung gefiel.

Той искаше да види дали сестра му хареса уговорката.

Die ersten zwei Wochen waren für die Eltern am schwierigsten.

Първите две седмици бяха най-трудни за родителите.

Sie brachten es nicht übers Herz, hereinzukommen und ihn zu sehen.

Те не можеха да се накарат да влязат и да го видят.

Er belauschte in dieser Zeit viele ihrer Gespräche.

По това време той подслуша много от разговорите им.

Sie nahmen alles, was die Schwester tat, voll und ganz zur Kenntnis.

Те напълно признаваха всичко, което сестрата правеше.

Auch wenn sie früher oft verärgert über sie waren.

Въпреки че често ѝ се дразнеха.

Weil sie ein ziemlich nutzloses Mädchen gewesen zu sein schien.

Защото тя изглеждаше донякъде безполезно момиче.

Nun warteten sie auf der anderen Seite des Raumes.

Сега те чакаха от другата страна на стаята.

Und sie war es, die den Raum betrat, um alles zu erledigen.

И тя беше тази, която влезе в стаята, за да направи всичко.

Sobald sie herauskam, wollten sie alles wissen.

Щом тя излезе, те поискаха да знаят всичко.

Sie musste ihnen genau beschreiben, wie das Zimmer aussah.

Тя трябваше да им каже точно как изглежда стаята.

„Was hat Gregor gegessen? Wie hat er sich diesmal verhalten?"

„Какво ядеше Грегор? Как се държеше този път?"

„War vielleicht eine leichte Verbesserung zu bemerken?"

„Вероятно имаше леко подобрение, което да се забележи?"

Die Mutter war übrigens tatsächlich mutiger.

Между другото, майката всъщност беше по-смела.

Und natürlich war es ihr eigener Sohn im Zimmer.

И разбира се, в стаята беше нейният собствен син.

Sie wollte Gregor eigentlich schon bald besuchen.

Всъщност тя искаше да посети Грегор сравнително скоро.

Doch der Vater und die Schwester hielten sie zunächst zurück.

Но бащата и сестрата първоначално я възпирали.

Sie brachten sehr rationale Argumente dafür vor, dass sie nicht gehen sollte.

Те изложиха много рационални аргументи за това тя да не ходи.

Gregor hörte ihren Argumenten sehr aufmerksam zu.

Грегор слушаше много внимателно разсъжденията им.

Und er akzeptierte die Argumentation genauso wie seine Mutter.

И той приемаше разсъжденията толкова, колкото и майка му.

Später musste sie jedoch mit Gewalt zurückgehalten werden.

По-късно обаче се наложило тя да бъде задържана със сила.

"Lasst mich zu Gregor hinein, er ist mein unglücklicher Sohn!"

„Пусни ме вътре при Грегор, той е моят нещастен син!"

"Verstehst du denn nicht, dass ich ihn aufsuchen muss?"

— Не разбираш ли, че трябва да отида да го видя?

Gregor ließ sich ebenfalls von den Argumenten seiner Mutter überzeugen.

Грегор също беше убеден от аргументите на майка си.

Vielleicht hatte sie recht; es wäre gut, wenn sie hereinkäme.

Може би беше права; щеше да е добре, ако влезе.

Ihn jeden Tag zu besuchen, wäre viel zu viel.

Да идвам да го виждам всеки ден би било твърде много.

Aber ihn vielleicht einmal pro Woche zu sehen, könnte genügen.

Но да го виждам може би веднъж седмично може би ще е достатъчно.

Sie versteht die Dinge vielleicht viel besser als die Schwester.

Тя може би разбира нещата много по-добре от сестрата.

Trotz all ihres Mutes war sie doch nur ein Kind.

Въпреки цялата си смелост, тя все още беше само дете.

Vielleicht war es kindliche Unbekümmertheit, die sie dazu veranlasste, diese Aufgabe anzunehmen.

Може би детинско безразсъдство я е накарало да се заеме със задачата.

Doch Gregors Wunsch, seine Mutter wiederzusehen, ging bald in Erfüllung.

Но желанието на Грегор да види майка си скоро се сбъдна.

Tagsüber hielt sich Gregor vom Fenster fern.

През деня Грегор стоеше далеч от прозореца.

Dies tat er aus Rücksicht auf seine Eltern.

Той направи това от уважение към родителите си.

Er hatte nicht viel Platz, um auf dem Boden herumzukriechen.

Нямаше много място да пълзи по пода.

Es fiel ihm schwer, nachts still zu liegen.

Трудно му беше да лежи неподвижно през нощта.

Das Essen bereitete ihm nicht einmal mehr die geringste Freude.

Храненето вече не му доставяше и най-малко удоволствие.

Natürlich musste er sich irgendwie ablenken.

Разбира се, трябваше да намери някакъв начин да се разсее.

Um sich die Zeit zu vertreiben, kletterte er die Wände rauf und runter.

За да се забавлява, той пълзеше нагоре-надолу по стените.

Und er kroch auch kopfüber an der Decke entlang.

И той също пълзеше по тавана, с главата надолу.

Besonders glücklich war er, als er von der Decke hing.

Той беше особено щастлив, когато висеше от тавана.

Es war etwas völlig anderes, als auf dem Boden zu liegen.

Беше съвсем различно от това да лежиш на пода.

In dieser Position fiel ihm das Atmen deutlich leichter.

В това положение му беше много по-лесно да диша.

Ein leichtes, aber angenehmes Kribbeln durchfuhr seinen Körper.

Лека, но приятна вибрация премина през тялото му.

Manchmal gab er sich seinem Glück sogar zu sehr hin.

Понякога дори се отпускаше прекалено много в щастието си.

Manchmal ließ er sich ablenken und ließ die Decke los.

Понякога се разсейваше и пускаше тавана.

Und zu seiner eigenen Überraschung landete er wieder auf dem Boden.

И за своя изненада той се приземи обратно на земята.

Aber er hatte seinen Körper deutlich besser unter Kontrolle als zuvor.

Но той имаше много по-добър контрол над тялото си от преди.

So verletzte er sich nun nicht mehr bei so heftigen Stürzen.

Така че сега не се е наранил от толкова големи падания.

Die Schwester bemerkte sofort Gregors neue Freude.

Сестрата веднага забеляза новото удоволствие на Грегор.

Und dort, wo er gekrochen war, waren Klebstoffreste zu sehen.

И имаше следи от лепило там, където беше пропълзял.

Auch hier dachte die Schwester an Gregors Wohlbefinden.

Тук сестрата отново се замисли за благополучието на Грегор.

Vielleicht würde er mehr Platz zum Herumkriechen begrüßen.

Може би би оценил повече място за пълзене.

Und der Gedanke hatte sich fest in ihrem Kopf verankert.

И идеята здраво се затвърди в главата ѝ.

Einige der großen Möbelstücke behinderten seine Bewegungsfreiheit.

Някои от големите мебели пречеха на свободното му движение.

Da er nicht mehr arbeitete, brauchte er den Schreibtisch nicht mehr.

Той вече не работеше, така че нямаше нужда от бюрото.

Und die Schachtel nahm auch mehr Platz ein als nötig. ***

И кутията заемаше повече място, отколкото беше необходимо. ***

Die Schwester war nicht in der Lage, diese Dinge allein zu bewegen.

Сестрата не беше в състояние да премести тези неща сама.

Natürlich wagte sie es nicht, den Vater um Hilfe zu bitten.

Разбира се, тя не посмя да помоли бащата за помощ.

Das Dienstmädchen hätte ihr sicherlich auch nicht geholfen.

Прислужницата със сигурност също нямаше да й помогне.

Das neue Dienstmädchen war tatsächlich ein Jahr jünger als sie.

Новата прислужница всъщност беше с година по-млада от нея.

Sie hatte mutig die Rolle der ehemaligen Magd übernommen.

Тя смело се беше вписала в ролите на бившата прислужница.

Doch ein Privileg wollte sie unbedingt haben.

Но имаше една привилегия, която тя настояваше да има.

Sie wollte die Küche stets verschlossen halten.

Тя искаше да държи кухнята заключена през цялото време.

Daher blieb der Schwester nichts anderes übrig, als ihre Mutter zu fragen.

Така че сестрата нямала друг избор, освен да попита майка си.

Unter Freudenschreien kam die Mutter herbei, um zu helfen.

С викове на възбудена радост майката се притече на помощ.

Doch an der Tür zu Gregors Zimmer verstummte sie.

Но тя замълча пред вратата на стаята на Грегор.

Die Schwester überprüfte, ob im Zimmer alles in Ordnung war.

Сестрата провери дали всичко в стаята е наред.

Gregor hatte das Bettlaken hastig noch straffer gezogen.

Грегор набързо беше дръпнал чаршафа още по-стегнато.

Obwohl das Bettlaken immer noch willkürlich angeordnet aussah.

Въпреки че чаршафът все още изглеждаше хаотично подреден.

Erst dann ließ sie ihre Mutter ins Zimmer.

И едва тогава тя пусна майка си в стаята.

Gregor verzichtete auch darauf, unter dem Laken hervorzuspähen.

Грегор също се въздържа да шпионира изпод чаршафа.

Er beschloss, diesmal auf einen Besuch bei seiner Mutter zu verzichten.

Той реши да се откаже от срещата с майка си този път.

Gregor war schon froh genug, dass sie überhaupt gekommen war.

Грегор беше достатъчно щастлив, че тя изобщо беше влязла.

„Komm herein, du kannst ihn nicht sehen", sagte die Schwester.

„Влизай, не можеш да го видиш", каза сестрата.

Gregor nahm an, dass sie ihre Mutter an der Hand führte.

Грегор предположи, че тя води майка си за ръка.

Dann hörte er, wie die beiden schwachen Frauen die Möbel verrückten.

Тогава чу как двете слаби жени местят мебелите.

Die Schwester schien den größten Teil der Arbeit für sich zu beanspruchen.

Сестрата сякаш претендираше за по-голямата част от работата за себе си.

Ihre Mutter befürchtete, sie würde sich überanstrengen.

Майка ѝ се страхуваше, че ще се пренапрегне.

Doch die Schwester schenkte diesen Warnungen keine Beachtung.

Но сестрата не обърна внимание на тези предупреждения.

Doch auch nach fünfzehn Minuten ging es nur sehr langsam voran.

Но дори и след петнадесет минути напредъкът беше много бавен.

Es war ihnen nicht gelungen, die Möbel weit zu bewegen.

Не бяха успели да преместят мебелите много далеч.

Langsam beschlich sie ein Gefühl der Niederlage.

Те бавно започваха да чувстват чувство на поражение.

Die Mutter war die Erste, die die Sinnlosigkeit eingestand.

Майката първа призна безсмислието.

"Vielleicht wäre es besser, die Schachtel hier zu lassen."

„Може би ще е по-добре да оставим кутията тук.“

„Die Kiste ist zu schwer, als dass wir sie noch viel weiter bewegen könnten.“

„Кутията е твърде тежка, за да се придвижим много по-далеч.“

„Und wir werden nicht fertig sein, bevor dein Vater eintrifft.“

„И няма да свършим, преди баща ти да пристигне.“

„Wenn wir die Kiste hier lassen würden, würde das seinen Weg nur noch mehr versperren.“

„Ако оставим кутията тук, това ще му препречи пътя още повече.“

Und können wir sicher sein, dass wir ihm damit einen Gefallen tun?

„И можем ли да бъдем сигурни, че му правим услуга?“

Sie begannen zu glauben, dass das Gegenteil durchaus der Fall sein könnte.

Те започнаха да мислят, че обратното може би е вярно.

Der Anblick der leeren Wand lastete schwer auf ihrem Herzen.

Гледката на празната стена тежеше на сърцето ѝ.

Was spricht dagegen, dass Gregor das auch so empfinden würde?

Какво да кажем, че Грегор също не би се чувствал така?

„Er hat sich bereits an die Möbel in seinem Zimmer gewöhnt.“

„Той вече е свикнал с мебелите в стаята си.“

„In einem leeren Zimmer könnte er sich noch verlassener fühlen.“

„В празна стая може да се почувства още по-изоставен.“

Ihre Stimme war inzwischen fast zu einem Flüstern gesunken.

По този момент гласът ѝ почти се беше снишил до шепот.

Sie wusste tatsächlich nicht, wo sich Gregor genau aufhielt.

Тя всъщност не знаеше точното местонахождение на Грегор.

Sie wollte nicht einmal, dass er ihre Stimme hörte.

Тя не искаше той дори да чуе звука на гласа ѝ.

Obwohl sie sich sicher war, dass er sie nicht verstand.

Въпреки че беше сигурна, че той не я разбира.

„Würde es nicht so aussehen, als hätten wir ihn völlig aufgegeben?“

„Не би ли изглеждало, че сме се отказали напълно от него?“

"Wird er nicht das Gefühl haben, dass wir ihn mit der Situation allein lassen?"

„Няма ли да се почувства така, сякаш го оставяме да се справя сам?“

„Wir sollten den Raum genau so verlassen, wie er war.“

„Трябва да оставим стаята точно такава, каквато беше.“

„Irgendwann wird Gregor zu uns zurückkehren, so wie er war.“

„В крайна сметка Грегор ще се върне при нас такъв, какъвто беше.“

„Dann wird er feststellen, dass alles noch an seinem Platz ist.“

„Тогава ще открие, че всичко си е на мястото.“

„Und er wird die Übergangszeit viel leichter vergessen.“

„И той ще забрави междинния период много по-лесно.“

Als Gregor diese Worte hörte, begriff er etwas.

Когато Грегор чу тези думи, той осъзна нещо.

Sein Verstand war in den letzten zwei Monaten verwirrt worden.

През последните два месеца умът му се беше объркал.

Der Mangel an menschlicher Interaktion hatte ihm nicht gutgetan.

Липсата на човешко взаимодействие не му се отрази добре.

Er brauchte das eintönige Leben im Kreise seiner Familie wirklich.

Той наистина се нуждаеше от монотонния живот сред семейството си.

Warum sonst hätte er eine solch unsinnige Forderung gestellt?

Защо иначе би отправил такова безсмислено искане?

Welchen Sinn sollte es denn haben, sein Zimmer zu räumen?

Какъв смисъл имаше да изпразва стаята си?

Das gemütliche Zimmer war mit geerbten Möbeln eingerichtet.

Уютната стая е обзаведена с наследени мебели.

Warum sollte er diese bekannte Wärme in eine Höhle verwandeln wollen?

Защо би искал да превърне тази позната топлина в пещера?

Eine Höhle, in der er ungestört in alle Richtungen kriechen konnte.

Пещера, където можеше да пълзи спокойно във всички посоки.

Doch in einer Höhle vergaß er rasch seine menschliche Vergangenheit.

Но пещера, в която той бързо забрави човешкото си минало.

Er fragte sich, ob er schon kurz davor war, alles zu vergessen.

Трябваше да се зачуди дали вече е близо до забравянето.

Die Stimme seiner Mutter hatte ihn aufgerüttelt und seine Erinnerung wachgerufen.

Гласът на майка му го разтърси и го накара да си спомни.

Die Stimme, die er so lange nicht gehört hatte.

Гласът, който не беше чувал от толкова дълго време.

Nichts durfte entfernt werden; alles musste bleiben.

Нищо не трябваше да се премахва; всичко трябваше да остане.

Die Möbel wirkten sich positiv auf seinen Zustand aus.

Мебелите наистина повлияха положително на състоянието му.

Und ohne diesen Anker zur Vergangenheit konnte er nicht zurechtkommen.

И той не можеше да се справи без тази котва, свързана с миналото.

Die Möbel hinderten ihn daran, sinnlos herumzukriechen.

Мебелите му пречеха да пълзи безсмислено наоколо.

Das war aber kein Verlust, sondern vielmehr ein großer Vorteil.

Но това не беше загуба, а по-скоро голямо предимство.

Leider hatte die Schwester eine ganz andere Meinung.

За съжаление сестрата беше на съвсем различно мнение.

Sie war gewissermaßen zu einer Sprecherin Gregors geworden.

Тя донякъде се беше превърнала в говорител на Грегор.

Natürlich war ihre Meinung nicht völlig unberechtigt.

Разбира се, мнението ѝ не беше напълно неоснователно.

Doch der Meinung ihrer Mutter musste hier widersprochen werden.

Но мнението на майка ѝ трябваше да бъде опровергано тук.

Es war nicht nur die Kiste, die nun entfernt werden musste.

Не само кутията трябваше да бъде премахната сега.

Sein Schreibtisch und der Kleiderschrank konnten ebenfalls nicht bleiben.

Бюрото му и гардеробът също не можеха да останат.

Das Einzige, was unverzichtbar war, war das Sofa.

Единственото незаменимо нещо беше диванът.

Sie hat diese Entscheidung nicht aus kindischem Trotz getroffen.

Тя не реши това просто от детинско неподчинение.

Es lag auch nicht an ihrem erst kürzlich gewonnenen Selbstvertrauen.

Не беше и наскоро придобитата ѝ самоувереност.

Das neue Selbstvertrauen, das sie hatte, trieb sie an, so hart für den Sieg zu arbeiten.

Новата увереност, за която трябваше да работи толкова усилено.

Auch wenn niemand erwartet hatte, dass sie dazu in der Lage sein würde.

Въпреки че никой не е очаквал, че тя ще може да го направи.

Gregor brauchte tatsächlich viel Platz zum Kriechen.

Грегор наистина се нуждаеше от много място, за да пълзи.

Die Möbel schränkten den ihm zur Verfügung stehenden Raum zusätzlich ein.

Мебелите само ограничаваха пространството, с което разполагаше.

Sie konnte diese Dinge besser sehen als die Mutter.

Тя можеше да вижда тези неща по-добре от майката.

Aber vielleicht spielte auch ihre romantische Ader eine Rolle.

Но може би романтичният й дух също е изиграл роля.

Mädchen in diesem Alter entwickeln oft eine gewisse Begeisterung.

Момичетата на тази възраст често придобиват известен ентусиазъм.

Und sie verspüren das Bedürfnis, ihren Willen durchzusetzen, wann immer es ihnen möglich ist.

И чувстват нужда да постигнат своето, когато могат.

Vielleicht wollte sie ihn deshalb heimlich sabotieren.

Може би затова е искала тайно да го саботира.

Noch furchterregender ist er, wenn er an den Wänden entlangkriecht.

Той е още по-страшен, когато пълзи по стените.

Die Eltern trauten sich nicht mehr, das Zimmer zu betreten.

Родителите вече не смееха да влязат в стаята.

Sie wäre tatsächlich die alleinige Betreuerin ihres Bruders.

Тя наистина щеше да бъде единствената грижеща се за брат си.

Sie ließ sich von ihrer Mutter nicht umstimmen.

Тя не позволи на майка си да я убеди в противното.

Gregors Mutter fühlte sich in dem Zimmer bereits unwohl.

Майката на Грегор вече се чувстваше неспокойно в стаята.

Sie hörte bald auf zu sprechen und half ihrer Tochter erneut.

Тя скоро спря да говори и отново помогна на дъщеря си.

Mit ihren letzten Kräften entfernten sie den Kleiderschrank.

С останалите си сили те премахнаха гардероба.

Auf die Kommode konnte er verzichten.

Скринът беше нещо, без което можеше да се справи.

Der Schreibtisch musste aber vorerst dort bleiben.

Но бюрото щеше да трябва да остане засега.

Während die Frauen weg waren, versuchte er, sich einen Überblick über den Raum zu verschaffen.

Докато жените ги нямаше, той се опита да огледа стаята.

Und Gregor streckte seinen Kopf unter dem Sofa hervor.

И Грегор подаде глава изпод дивана.

Er musste sehen, was er in dieser Situation tun konnte.

Трябваше да види какво може да направи по отношение на ситуацията.

Aber er war so vorsichtig und rücksichtsvoll wie möglich.

Но той беше максимално внимателен и внимателен.

Leider war es die Mutter, die zuerst zurückkehrte.

За съжаление, майката се върна първа.

Grete war noch dabei, den Kleiderschrank im Nebenzimmer umzustellen.

Грете все още местеше гардероба в съседната стая.

Die Mutter war den Anblick Gregors jedoch nicht gewohnt.

Но майката не беше свикнала с гледката на Грегор.

Schon ein flüchtiger Blick auf ihn hätte sie krank machen können.

Дори само един поглед към него можеше да й прилошее.

Gregor eilte rückwärts zum anderen Ende des Sofas.

Грегор забърза назад към другия край на дивана.

Aber er konnte sich nicht zurücklehnen und das Bettlaken ausbalancieren.

Но не можеше да се отдръпне и да запази равновесие върху чаршафа.

Die Bewegung reichte aus, um die Aufmerksamkeit der Mutter zu erregen.

Движението беше достатъчно, за да привлече вниманието на майката.

Sie hielt inne und verharrte einen kurzen Moment ganz still.

Тя се спря и замълча за кратък миг.

Dann drehte sie sich um und verließ das Zimmer wieder.

След това тя се обърна и отново излезе от стаята.

Gregor redete sich immer wieder ein, dass nichts Ungewöhnliches passiert sei.

Грегор непрекъснато си повтаряше, че не се е случило нищо необичайно.

„Es handelt sich lediglich um ein paar Möbelstücke, die weggebracht wurden."

„Това са просто някои мебели, които са били изнесени."

Doch schon bald musste er zugeben, dass ihn die Ereignisse mitgenommen hatten.

Но скоро трябваше да признае, че събитията са го засегнали.

Die Frauen hatten alles, was sie taten, auch gesagt.

Жените разказваха всичко, което правеха.

Sie waren im Zimmer auf und ab gegangen.

Те се разхождаха напред-назад из стаята.

Das Kratzen aller Möbelstücke auf dem Boden.

Драскането на всички мебели по пода.

Er hatte das Gefühl, von allen Seiten angegriffen zu werden.

Чувстваше се сякаш е нападнат от всички страни.

Er zog Kopf und Beine so fest wie möglich an.

Той придърпа главата и краката си колкото можеше по-плътно.

Mit aller Kraft presste er seinen Körper zu Boden.

С всички сили той притисна тялото си към земята.

Er wusste, dass er das alles nicht mehr lange aushalten konnte.

Той знаеше, че не може да търпи всичко това дълго.

Sie räumten sein Zimmer aus und nahmen alles mit, was ihm lieb und teuer war.

Изчистиха стаята му и взеха всичко, което обичаше.

Sie hatten bereits die Kiste mit all seinen Werkzeugen mitgenommen.

Те вече бяха взели кутията, съдържаща всичките му инструменти.

Nun lockerten sie seinen schweren Schreibtisch vom Boden.

Сега те разхлабваха тежкото му бюро от земята.

Der Schreibtisch, an dem er nach seiner Rückkehr von der Arbeit gearbeitet hatte.

Бюрото, на което беше работил, след като се беше върнал от работа.

Der Schreibtisch, an dem er seine Geschäftsaufgaben erledigt hatte.

Бюрото, на което беше написал служебните си задачи.

Der Schreibtisch, an dem er in der Sekundarschule seine Hausaufgaben gemacht hatte.

Бюрото, на което си беше писал домашните в средното училище.

Ja, diesen Schreibtisch hatte er schon in der Grundschule.

Да, той вече беше имал това бюро в началното училище.

Er hatte wirklich keine Zeit, sich von ihren guten Absichten zu überzeugen.

Той наистина нямаше време да потвърди добрите им намерения.

Obwohl er beinahe vergessen hatte, dass sie überhaupt da waren.

Въпреки че почти беше забравил, че така или иначе са там.

Weil sie vor Erschöpfung still arbeiteten.

Защото работеха мълчаливо, поради изтощение.

Sie waren zu müde, um ihre Bewegungen jetzt noch bekannt zu geben.

Бяха твърде уморени, за да обявят движенията си сега.

Alles, was er hörte, waren ihre schweren Schritte auf dem Boden.

Чуваше само тежките им стъпки по пода.

Genau in diesem Moment lehnten sie an der Kiste.

Точно в този момент те се бяха облегнали на кутията.

Und da kam Gregor unter dem Sofa hervor.

И точно тогава Грегор излезе изпод дивана.

Er änderte viermal seine Laufrichtung.

Той промени посоката, в която тичаше, четири пъти.

Er konnte sich nicht entscheiden, welcher Gegenstand zuerst gerettet werden musste.

Той не можеше да реши кой предмет трябва да бъде спасен първо.

Plötzlich richtete sich sein Blick auf die leere Wand.

Внезапно вниманието му беше привлечено от празната стена.

Alles, was sie ihm hinterlassen hatten, war das Bild der Dame im Pelzmantel.

Всичко, което му бяха оставили, беше снимката на дамата с козина.

Er kroch zu dem Bild und drückte seinen Körper an sie.

Той пропълзя до картината, за да притисне тялото си към нея.

Und sein Körper verdeckte vollständig das Bild.

И тялото му напълно закриваше гледката към картината.

Das Glas stützte ihn und kühlte seinen heißen Bauch.

Чашата го държеше изправен и успокояваше горещия му корем.

Dieses Foto konnte ihm nicht mehr abgenommen werden.

Тази снимка вече не можеше да му бъде взета.

Dann wandte er den Kopf zur Wohnzimmertür.

След това той обърна глава към вратата на хола.

Er wollte zusehen, wie die Frauen ins Zimmer zurückkehrten.

Той щеше да наблюдава как жените се връщат в стаята.

Und sie ruhten sich nicht lange aus, bevor sie wieder zurückkehrten.

И не починаха дълго, преди да се върнат отново.

Grete hatte den Arm um ihre Mutter gelegt, um ihr beim Gehen zu helfen.

Ръката на Грете беше около майка й, за да й помогне да ходи.

„Was sollen wir denn jetzt nehmen?", fragte Grete und blickte sich um.

„Какво ще вземем сега?" – каза Грете и се огледа.

Genau in diesem Moment trafen sich ihre Blicke mit Gregors.

Точно в този момент погледът ѝ срещна очите на Грегор.

Trotz des Schocks behielt sie die Fassung.

Въпреки шока, тя запази присъствие на духа.

Vermutlich nur wegen der Anwesenheit ihrer Mutter.

Вероятно само заради присъствието на майка ѝ.

Sie neigte ihr Gesicht zu ihrer Mutter und verdeckte ihr die Sicht.

Тя наведе лице към майка си, закривайки гледката си.

Und dann sagte sie, zitternd und gedankenlos:

И тогава тя каза, макар и трепереща и безразсъдна:

"Kommt schon, sollten wir nicht zurück ins Wohnzimmer gehen?"

„Хайде, не трябва ли да се върнем в хола?"

Gregor konnte die Absichten der Schwester leicht verstehen.

Грегор лесно можеше да разбере намеренията на сестрата.

Ihre oberste Priorität war es, ihre Mutter in Sicherheit zu bringen.

Първата ѝ задача беше да доведе майка си на сигурно място.

Aber dann wollte sie ihn von der Mauer herunterjagen.

Но тогава тя щеше да го подгони от стената.

„Nun, sie kann es ja versuchen!", dachte Gregor bei sich.

„Е, тя със сигурност може да опита!", помисли си Грегор наум.

Er behielt sein Bild fest im Blick und gab es nicht her.

Той седеше здраво на снимката си и не я изоставяше.

Am liebsten wäre er der Schwester ins Gesicht gesprungen.

По-скоро би скочил в лицето на сестрата.

Doch Gretes Worte hatten ihre Mutter noch mehr beunruhigt.

Но думите на Грете разтревожиха майка ѝ още повече.

Sie trat beiseite, um zu sehen, was vor ihr verborgen wurde.

Тя се отдръпна, за да види какво се крие от нея.

Und sie sah den braunen Fleck auf der geblümten Tapete.

И тя видя кафявото петно върху тапета на цветя.

Und sie schrie auf, noch bevor sie merkte, dass es Gregor war.

И тя изкрещя, преди дори да осъзнае, че това е Грегор.

"Oh Gott", schrie sie mit ausgestreckten Armen.

„О, Боже“, изкрещя тя с протегнати ръце.

Und sie sank auf die Couch, als hätte sie aufgegeben.

И тя падна на дивана, сякаш се беше предала.

„Gregor!“, rief die Schwester ihm mit erhobener Faust zu.

„Грегор!“ извика сестрата към него с вдигнат юмрук.

Und sie warf ihm einen langen, harten und durchdringenden Blick zu.

И тя му отправи дълъг, твърд и пронизващ поглед.

Dies war das erste Mal, dass sie direkt mit ihm gesprochen hatte.

Това беше първият път, когато тя говореше директно с него.

Sie rannte ins Nebenzimmer, um Riechsalz zu holen.

Тя изтича в съседната стая, за да вземе малко ароматизиращи соли.

Sie musste ihre Mutter wieder zum Bewusstsein bringen.

Трябваше да върне майка си в съзнание.

Gregor wollte helfen, er konnte das Bild später aufbewahren.

Грегор искаше да помогне, можеше да запази снимката по-късно.

Doch er war fest an der Glasscheibe festgeklebt.

Но той се беше здраво залепил за стъклото.

Deshalb musste er sich mit großer Kraft losreißen.

Затова трябваше да се откъсне, използвайки много сила.

Auch er rannte in den nächsten Raum, wo sich die Schwester befand.

Той също изтича в съседната стая, където беше сестрата.

Früher hätte er ihr vielleicht einen Rat geben können.

В миналото можеше да й даде някакъв съвет.

Doch nun konnte er nichts anderes tun, als tatenlos zuzusehen.

Но сега не можеше да направи нищо друго, освен да стои безучастно и да наблюдава.

Sie durchwühlte die Schublade und öffnete verschiedene Flaschen.

Тя рових из чекмеджето, отваряйки различни бутилки.

Und er erschreckte sie immer noch, als sie sich umdrehte.

И той все още я плашеше, когато се обърна.

Eine Flasche fiel zu Boden, zerbrach und splitterte.

Бутилка падна на пода, счупи се и се разби на трески.

Ein Glassplitter traf Gregor im Gesicht und verletzte ihn.

Стъклено парче удари лицето на Грегор и го нарани.

Die Flasche hatte eine Art ätzende Flüssigkeit enthalten.

Бутилката съдържаше някаква разяждаща течност.

Und nun brannte die ätzende Flüssigkeit auf Gregors Gesicht.

И сега корозивната течност пареше лицето на Грегор.

Die Schwester hatte jedoch im Moment keine Zeit für Gregor.

Сестрата обаче нямаше време за Грегор в момента.

Sie sammelte so viele Flaschen ein, wie sie tragen konnte.

Тя събра колкото се може повече от бутилките.

Und sie rannte mit der Medizin zurück zu ihrer Mutter.

И тя се затича обратно при майка си с лекарството.

Sie schlug die Tür mit dem Fuß zu und schloss Gregor aus.

Тя затръшна вратата с крак, изтръгвайки Грегор навън.

Nun war er von seiner möglicherweise sterbenden Mutter abgeschnitten.

Сега той беше откъснат от потенциално умиращата си майка.

Wenn er die Tür öffnete, würde er die Schwester verjagen.

Ако отворише вратата, щеше да прогони сестрата.

Aber natürlich musste sie bleiben, um sich um die Mutter zu kümmern.

Но разбира се, тя трябваше да остане, за да се грижи за майката.

Es gab für ihn nichts anderes zu tun, als auf sie zu warten.

Нямаше какво друго да направи сега, освен да ги чака.

Von Selbstvorwürfen und Angst geplagt, begann er zu kriechen.

Измъчван от самоугризения и безпокойство, той започна да пълзи.

Er kroch überall hin; an Wänden, Möbeln, der Decke.

Той пълзеше навсякъде; по стените, мебелите, тавана.

Er hatte das Gefühl, als würde sich der ganze Raum um ihn drehen.

Имаше чувството, че цялата стая се върти около него.

Schließlich fiel er, verzweifelt und schwindlig, wieder zu Boden.

Накрая, отчаян и замаян, той падна обратно.

Und er fiel direkt auf den großen Esstisch.

И той падна точно върху голямата маса в трапезарията.

Er lag eine Weile da, betäubt und unfähig sich zu bewegen.

Той прекара известно време, лежейки там, вцепенен и неспособен да се движи.

Er war erschöpft von all dem, was ihm dieser Tag gebracht hatte.

Беше изтощен от всичко, което този ден му донесе.

Es herrschte ringsum Stille, aber vielleicht war das ein gutes Zeichen.

Навсякъде беше тихо, но може би това беше добър знак.

Dann zerriss das Klingeln an der Haustür die Stille.

Тогава, нарушавайки тишината, звънецът на вратата отвън иззвъня.

Das Dienstmädchen hatte sich natürlich in ihrer Küche eingeschlossen.

Прислужницата, разбира се, се беше заключила в кухнята си.

Die Schwester war also die Einzige, die die Tür öffnen konnte.

Така че сестрата беше единствената, която можеше да отвори вратата.

„Was ist passiert?", fragte der Vater als Erstes.

„Какво се случи?" беше първото нещо, което попита бащата.

Gretes Erscheinung hatte ihm wahrscheinlich alles verraten.
Видът на Грете вероятно му беше казал всичко.
Gretes Stimme wurde beim Sprechen gedämpft und dumpf.
Гласът на Грете стана приглушен и глух, докато говореше.
Sie muss ihr Gesicht an die Brust ihres Vaters gedrückt haben.
Сигурно е притиснала лице към гърдите на баща си.
„Mutter war bewusstlos, aber es geht ihr jetzt besser."
„Майка ми беше в безсъзнание, но сега се чувства по-добре."
„Gregor ist entkommen", fügte sie hinzu, was er auch erwartet hatte.
„Грегор е избягал", добави тя, което той очакваше.
"Ich habe dir doch immer gesagt, dass er eines Tages ausbrechen würde."
„Винаги съм ти казвал, че един ден ще избяга."
„Aber ihr Frauen wolltet mir ja nicht zuhören, nicht wahr?"
„Но вие, жени, не искахте да ме слушате, нали?"
Gregor erkannte schnell, wie sein Vater die Dinge sehen würde.
Грегор бързо осъзна как баща му би видял нещата.
Er hatte Gretes allzu kurze Nachricht falsch interpretiert.
Той беше разтълкувал погрешно прекалено краткото послание на Грете.
Er nahm an, Gregor habe eine Gewalttat begangen.
Той предположи, че Грегор е извършил някакъв акт на насилие.
Gregor musste einen Weg finden, seinen Vater irgendwie zu besänftigen.
Грегор трябваше да намери начин да умилостиви баща си по някакъв начин.
Weil er keine Zeit hatte, ihm die Dinge zu erklären.
Защото нямаше време да му обясни нещата.
Aber er hätte die Dinge ohnehin nicht erklären können.
Но така или иначе нямаше да може да обясни нещата.
Da flüchtete er zur Tür und drückte sich dagegen.
Затова той избяга към вратата и се притисна към нея.

So konnte sein Vater ihn vom Vorzimmer aus sehen.

По този начин баща му можеше да го види от преддверието.

Und er würde erkennen, dass er die besten Absichten hatte.

И щеше да може да види, че има най-добри намерения.

Es war nicht nötig, ihn mit einem Besen zurückzudrängen.

Нямаше нужда да го бутат назад с метла.

Der Vater hätte lediglich die Tür öffnen müssen.

Всичко, което бащата трябваше да направи, беше да отвори вратата.

Doch er hatte keine Lust, solche Feinheiten zu bemerken.

Но той нямаше настроение да забелязва подобни тънкости.

"Da bist du ja!", rief er, sobald er eingetreten war.

„Ето ви!", възкликна той веднага щом влезе.

Es war, als wäre er gleichzeitig wütend und glücklich.

Сякаш беше едновременно ядосан и щастлив.

Er zog den Kopf zurück und blickte zu seinem Vater auf.

Той отметна глава назад и погледна бащата.

Er hatte sich seinen Vater nicht so vorgestellt.

Не си беше представял баща си да стои там така.

Doch in letzter Zeit hatte er eine neue Ablenkung gefunden.

Но напоследък той си беше намерил ново развлечение.

Das Herumkriechen nahm nun einen großen Teil seines Tages ein.

Пълзенето сега заемаше голяма част от деня му.

Zuvor hatte er alle Neuigkeiten in der Wohnung im Blick behalten.

Преди това той следеше всички новини в апартамента.

Aber in letzter Zeit hatte er nicht mehr so genau darauf geachtet.

Но напоследък не беше обръщал толкова много внимание.

Er hätte auf Veränderungen vorbereitet sein müssen.

Той трябваше да е подготвен за промени.

Aber war dieser Mann vor ihm noch der Vater?

Въпреки това, този мъж пред него все още ли беше бащата?

War er noch derselbe Mann, der früher müde in seinem Bett lag?

Дали беше същият човек, който преди лежеше уморен в леглото си?

Als Gregor bereits auf Geschäftsreise war.

Когато Грегор вече беше заминал в командировка.

War er derselbe Mann, der ihn abends begrüßte?

Дали беше същият човек, който го поздравяваше вечер?

Als er in seinem Morgenmantel in seinem Sessel saß.

Когато беше по халат в креслото си.

War er derselbe Mann, der nicht aufstehen konnte, um ihn zu begrüßen?

Дали беше същият човек, който не можеше да стане, за да го посрещне?

So blieb er sitzen und hob freudig den Arm.

И така, оставайки седнал, той вдигна ръка в знак на радост.

War er derselbe Mann, mit dem er gelegentlich spazieren ging?

Дали беше същият човек, с когото ходеше на разходки от време на време?

In seltenen Fällen: an einigen Sonntagen im Jahr oder an Feiertagen.

В редки случаи: няколко недели в годината или празници.

War er derselbe Mann, der in seinen Mantel gehüllt herüberkam?

Дали беше същият човек, който ходеше, увит в палтото си?

Musste er sich langsam zwischen Mutter und ihm vorwärtsarbeiten?

Дали бавно се е придвижвал напред, между майката и него?

Und sie gingen seinetwegen bereits langsam.

И те вече вървяха бавно заради него.

Doch nun stand dieser Mann stark und aufrecht.

Но сега този мъж стоеше силен и изправен.

Er trug eine blaue Uniform mit goldenen Knöpfen.

Той беше облечен в синя униформа със златни копчета.

Knöpfe, die die Angestellten der Bankinstitute tragen.

Копчета, които носят служителите на банковите институции.

Über dem steifen Kragen trat sein markantes Doppelkinn hervor.

Над твърдата яка се очертаваше силната му двойна брадичка.

Unter seinen buschigen Augenbrauen blickten seine schwarzen Augen hervor.

Под гъстите му вежди гледаха черните му очи.

Seine Augen wirkten nun durchdringend, frisch und aufmerksam.

Сега очите му изглеждаха пронизителни, свежи и бдителни.

Das zuvor zerzauste weiße Haar wurde glatt gekämmt.

Разрошената преди това бяла коса беше сресана надолу.

Und sein Haar hatte nun einen sorgfältigen Mittelscheitel.

И косата му сега беше старателно разделена в центъра.

Er warf seinen Hut weg, der mit einem goldenen Monogramm verziert war.

Той хвърли шапката си, върху която беше прикрепен златен монограм.

Es handelte sich wahrscheinlich um das Monogramm der Bank, für die er arbeitete.

Вероятно това беше монограмът на банката, за която работеше.

Und der Hut landete auf dem Sofa, um später weggeräumt zu werden.

И шапката кацна на дивана, за да бъде прибрана по-късно.

Er schob den Saum der langen Uniformjacke zurück.

Той отметна назад долната част на дългото си униформено яке.

Und er steckte seine Daumen in die Hosentaschen.

И той пъхна палци в джобовете на панталоните си.

Und dann ging er mit finsterer Miene auf Gregor zu.

И тогава, с мрачно лице, той тръгна към Грегор.

Er wusste wahrscheinlich selbst noch nicht, was er vorhatte.

Вероятно дори не е знаел какво планира да направи.

Dennoch hob er die Füße ungewöhnlich hoch.

Но въпреки това той вдигна краката си необичайно високо.

Gregor staunte über die enorme Größe seiner Stiefel.

Грегор беше изумен от огромния размер на ботушите си.

Doch dafür blieb wirklich keine Zeit, seine Schuhe zu bewundern.

Но наистина нямаше време да се възхищава на обувките му.

Der Vater hatte sich für eine sehr strenge Disziplin entschieden.

Бащата беше решил да приложи много строга дисциплина.

Für Gregor war nur die größtmögliche Strenge angemessen.

Само най-голямата строгост беше подходяща за Грегор.

Das wusste er vom ersten Tag seiner Verwandlung an.

Той знаеше това от първия ден на трансформацията си.

Er rannte zu seinem Vater und blieb stehen, als dieser stehen blieb.

Той се затича към баща си и спря, когато и той спря.

Als er sich wieder bewegte, huschte er erneut auf ihn zu.

Той отново се затича към него, когато той отново се раздвижи.

Der Vater hielt einen Moment inne, und Gregor tat es ihm gleich.

Бащата се спря за момент, както и Грегор.

Und sobald sich sein Vater bewegte, stürmte er wieder vorwärts.

И той отново се втурна напред веднага щом баща му се раздвижи.

Auf diese Weise gingen sie mehrmals im Kreis um den Raum.

По този начин те обиколиха стаята няколко пъти.

Bislang hatte noch niemand einen entscheidenden Vorteil errungen.

Все още никой не беше постигнал решаващо предимство.

Man konnte nicht den Eindruck einer Verfolgungsjagd gewinnen.

Човек не би могъл да остане с впечатлението, че е преследван.

Weil das ganze Geschehen viel zu langsam vonstatten ging.

Защото цялото събитие се случваше твърде бавно.

Gregor hatte beschlossen, am Boden zu bleiben.

Грегор беше решил да остане на земята.

Er hätte die Wände hoch und an der Decke entlanglaufen können.

Можеше да тича по стените и по тавана.

Er wollte den Vater aber nicht unnötig provozieren.

Но не искаше да провокира бащата излишно.

Eine solche Flucht hätte besonders verwerflich erscheinen können.

Подобно бягство можеше да изглежда особено зловещо.

Gregor räumte ein, dass diese Jagd nicht mehr lange dauern könne.

Грегор призна, че това преследване не може да продължи дълго.

Jeder Schritt erforderte eine Vielzahl von Bewegungen.

Всяка стъпка трябваше да бъде посрещната с безброй движения.

Er begann bereits Atemnot zu verspüren.

Той вече започваше да усеща задух.

Schon vorher hatte er nie absolut zuverlässige Lungen gehabt.

Дори преди това той никога не е имал напълно надеждни бели дробове.

Er taumelte dahin und sparte seine Kräfte für den Lauf.

Той се олюляваше, пазейки силите си за бягането.

Er war so müde, dass er die Augen kaum noch offen halten konnte.

Беше толкова уморен, че едва можеше да държи очите си отворени.

Seine Gedanken verlangsamten sich zu sehr, um an andere Fluchtmöglichkeiten zu denken.

Мислите му се забавиха твърде много, за да мисли за
други бягства.
**Er hatte fast vergessen, dass ihm die Wände zur Verfügung
standen.**
Той почти беше забравил, че стените са му достъпни.
Die Wände waren aber ohnehin hinter Möbeln verborgen.
Но стените така или иначе бяха скрити зад мебели.
Und die Möbel wiesen zu viele Kerben und Vorsprünge auf.
И мебелите имаха твърде много прорези и издатини.
Und dann, direkt neben ihm, rollte ein Apfel.
И тогава, точно до него, търкаляйки се, имаше една
ябълка.
**Ihm wurde klar, dass der Apfel nach ihm geworfen worden
sein musste.**
Ябълката сигурно е била хвърлена по него, осъзна той.
**Doch er hatte keine Zeit zum Nachdenken, da kam schon
der nächste Apfel.**
Но той нямаше време да мисли, преди да дойде друга
ябълка.
**Gregor erstarrte vor Schreck über die neue Strategie seines
Vaters.**
Грегор замръзна шокиран от новата стратегия на бащата.
Er konnte durch einen Fluchtversuch nichts mehr gewinnen.
Вече не можеше да спечели нищо от опитите си да бяга.
**Der Vater hatte beschlossen, ihn mit Früchten zu
überhäufen.**
Бащата беше решил да го бомбардира с плодове.
**Er hatte sich die Taschen mit Obst aus der Küchenschale
gefüllt.**
Беше си напълнил джобовете от купата с плодове в
кухнята.
Ohne besonders darauf zu zielen, warf er Apfel um Apfel.
Без особено да се цели, той хвърляше ябълка след ябълка.
Diese kleinen roten Äpfel rollten auf dem Boden herum.
Тези малки червени ябълки се търкаляха по земята.
**Wie von einem Stromschlag getroffen, stießen die Äpfel
aneinander.**

Сякаш наелектризирани, ябълките се блъскаха една в друга.

Einer der schwach geworfenen Äpfel streifte Gregors Rücken.

Една от слабо хвърлените ябълки одраска гърба на Грегор.

Zum Glück für ihn rutschte der Apfel harmlos herunter.

За негов късмет, ябълката се изплъзна безобидно.

Der anschließend geworfene Apfel traf jedoch genauer.

Хвърлената след това ябълка обаче беше по-точна.

Und dieser Apfel blieb tief in Gregors Rücken stecken.

И тази ябълка се заби дълбоко в гърба на Грегор.

Gregor wollte sich vor dem Schmerz davonreißen.

Грегор искаше да се откъсне от болката.

Vielleicht ließe sich diesem neuen, unvorstellbaren Schmerz entkommen.

Може би тази нова, невероятна болка би могла да бъде избегната.

Vielleicht würde ein Ortswechsel seine Qualen lindern.

Може би смяната на мястото щеше да облекчи мъките му.

Aber er fühlte sich, als wäre er am Boden festgenagelt.

Но той се чувстваше сякаш е прикован към пода.

Er streckte sich aus, aber nur aufgrund seiner Verwirrung.

Той се протегна, но само поради объркването си.

Erst mit seinem letzten Blick sah er, wie sich die Tür öffnete.

Едва с последния си поглед видя как вратата се отваря.

Die Mutter stürzte vor die schreiende Schwester hinaus.

Майката се втурна пред крещящата сестра.

Die Schwester hatte sie ausgezogen, sodass sie nur noch ihr Hemd trug.

Сестрата я беше съблекла, така че беше по риза.

Sie hatte in ihrer Bewusstlosigkeit Freiraum gebraucht.

Тя имаше нужда от глътка въздух в безсъзнанието си.

Er sah noch, wie die Mutter auf den Vater zulief.

Той все още виждаше как майката тича към бащата.

Ihre Röcke rutschten einer nach dem anderen zu Boden.

Полите ѝ се свличаха на земята, една след друга.

Er sah, wie sie auf den Vater zuging und über ihren Rock stolperte.

Той я видя как се приближава към бащата и се спъва в полата си.

Sie umarmte ihn und bat darum, Gregors Leben zu verschonen.

Прегръщайки го, тя помоли да пощади живота на Грегор.

In völliger Einheit mit seinem Körper versagte auch sein Augenlicht.

В пълен съюз с тялото си, зрението му отслабна.

Teil Drei
Част трета

Gregor litt über einen Monat lang unter der schweren Verletzung.

Грегор страдаше от тежката травма повече от месец.

Der Apfel steckte fest; niemand wagte es, ihn zu entfernen.

Ябълката остана забита; никой не посмя да я извади.

Der Apfel blieb als sichtbare Erinnerung in seinem Fleisch zurück.

Ябълката остана в плътта му като видимо напомняне.

Der Apfel diente dem Vater aber auch als Erinnerung.

Но ябълката служила и като напомняне на бащата.

Ihm wurde klar, dass Gregor nicht wie ein Feind behandelt werden sollte.

Той осъзна, че Грегор не бива да бъде третиран като враг.

Im Moment mag sein Erscheinungsbild traurig und abstoßend wirken.

В момента външният му вид може да е тъжен и отвратителен.

Aber dennoch war er ein Mitglied ihrer Familie.

Но въпреки това, той все още беше член на семейството им.

Der Widerwille musste überwunden und toleriert werden.

Неохотата трябваше да бъде преглътната и толерирана.

Aufgrund seiner Verletzung könnte seine Beweglichkeit für immer verloren sein.

Поради раната му, мобилността му може да бъде загубена завинаги.

Er kroch immer noch in seinem Zimmer herum, aber viel langsamer.

Той все още пълзеше из стаята си, но много по-бавно.

Kriechen in irgendeiner Höhe war völlig ausgeschlossen.

Пълзенето на каквато и да е височина беше изключено.

Gregor erhielt jedoch eine Form der Entschädigung.

Но Грегор все пак получи някаква форма на обезщетение.

Am Abend wurde ihm die Wohnzimmertür geöffnet.

Вечерта вратата на хола му беше отворена.

Und er war der Ansicht, dass diese Wiedergutmachungszahlungen vollkommen angemessen seien.

И той смяташе, че тези репарации са напълно адекватни.

Noch vor Einbruch der Dunkelheit begann er, die Tür zu beobachten.

Преди вечерта той вече започна да наблюдава вратата.

Er lag in der Dunkelheit, vom Wohnzimmer aus unsichtbar.

Той лежеше в тъмнината, невидим от хола.

Er konnte die ganze Familie an dem beleuchteten Tisch sehen.

Той можеше да види цялото семейство на осветената маса.

Nun durfte er ihren Gesprächen zuhören.

Сега му беше позволено да слуша разговорите им.

Dies unterschied sich deutlich von ihrer vorherigen Vereinbarung.

Това беше доста различно от предишното им споразумение.

Die lebhaften Gespräche vergangener Zeiten waren verstummt.

Оживените разговори от по-ранните времена бяха приключили.

Das waren die Gespräche, nach denen er sich immer gesehnt hatte.

Това бяха разговорите, за които копнееше.

Als er allein in kleinen Hotelzimmern schlief.

Когато спеше сам в малки хотелски стаи.

Als er sich in die feuchte Bettwäsche werfen musste.

Когато трябваше да се хвърли върху мокрите завивки.

Die Abende verliefen nun meist ruhig und ereignislos.

Но вечерите сега бяха предимно тихи и безпроблемни.

Der Vater schlief nach dem Abendessen in seinem Sessel ein.

Бащата заспа в креслото си след вечеря.

Und Mutter und Schwester ermahnten einander zur Stille.

И майката и сестрата се подканяха една друга да мълчат.

Die Mutter beugte sich weit über die Lampe und nähte Leinen.

Майката, наведена високо над светлината, шиеше лен.

Sie entwirft jetzt Kleider für eines der Modegeschäfte.

Сега тя шие рокли за един от модните магазини.

Wie Gregor hatte auch die Schwester eine Stelle als Verkäuferin angenommen.

Подобно на Грегор, сестрата беше започнала работа като продавачка.

Sie lernte abends Stenografie und Französisch.

Вечер тя учеше стенография и френски.

Damit sie später vielleicht eine bessere Arbeitsstelle bekommen könnte.

За да може по-късно да си намери по-добра работа.

Manchmal wachte der Vater von seinem abendlichen Nickerchen auf.

Понякога бащата се събуждаше от вечерните си дрямки.

"Liebling, du nähst heute schon so lange!"

„Скъпа, днес вече шиеш от толкова дълго!"

Er schien vergessen zu haben, dass er geschlafen hatte.

Изглеждаше сякаш забравил, че е спал.

Doch er fiel sofort wieder in seinen Schlaf zurück.

Но той веднага отново потъна в сън.

Und Mutter und Schwester lächelten einander müde an.

И майката и сестрата се усмихнаха уморено една на друга.

Der Vater hatte eine seltsame neue Sturheit entwickelt.

Бащата беше развил странен нов инат.

Selbst zu Hause weigerte er sich, seine Dieneruniform auszuziehen.

Дори у дома той отказваше да свали униформата си на слуга.

Und sein Morgenmantel hing nutzlos am Kleiderbügel.

А халатът му висеше безполезно на закачалката.

So schlief der Vater, vollständig bekleidet, in seinem Sessel.

И така, бащата спеше, напълно облечен, в креслото си.

Es war, als ob er immer bereit wäre, seinen Dienst zu leisten.

Сякаш винаги беше готов да си свърши работата.

Als ob er nur auf die Stimme seines Vorgesetzten gewartet
hätte.

Сякаш само чакаше гласа на началника си.

Dies führte dazu, dass seine Uniform an Sauberkeit verlor.

Това доведе до това униформата му да загуби чистотата си.

Obwohl die Uniform auch nicht neu war, als er sie bekam.

Въпреки че униформата също не беше нова, когато 'я
получи.

Und die Mutter tat ihr Bestes, um die Uniform zu pflegen.

И майката правеше всичко възможно да се грижи за
униформата.

Gregor verbrachte ganze Abende damit, diese Uniform
anzusehen.

Грегор прекарваше цели вечери, гледайки тази униформа.

Er beobachtete, wie der alte Mann äußerst unbequem
schlief.

Той наблюдаваше как старецът спеше крайно неудобно.

Doch im Schlaf bemerkte er auch etwas Friedliches.

Но в съня си той забеляза и нещо спокойно.

Als die Uhr zehn schlug, versuchte die Mutter, ihn zu
wecken.

Когато часовникът удари десет, майката се опита да го
събуди.

Sie sprach leise und überredete ihn, ins Bett zu gehen.

Тя говореше тихо и го убеди да си легне.

Denn auf dem Sessel zu schlafen war kein richtiger Schlaf.

Защото спането на фотьойла не беше истински сън.

Er musste um sechs Uhr mit der Arbeit beginnen.

Щеше да трябва да започне работа в шест часа.

Deshalb musste er unbedingt so gut wie möglich schlafen.

Така че наистина имаше нужда да се наспите възможно
най-добре.

Doch er war von einer neuen Form der Sturheit ergriffen.

Но той беше обзет от нова форма на инат.

Die Tatsache, dass er Diener geworden war, hatte begonnen,
diese Wirkung auf ihn zu haben.

Това, че стана слуга, беше започнало да му оказва това влияние.

Deshalb bestand er immer darauf, länger am Tisch zu bleiben.

Затова той винаги настояваше да остане по-дълго на масата.

Obwohl er regelmäßig wieder in seinem Sessel einschlief.

Въпреки че редовно заспиваше отново на стола си.

Und er ließ sich nur mit größter Mühe bewegen.

И той можеше да бъде преместен само с най-големи трудности.

Man musste ihm erklären, dass das Bett besser für ihn wäre.

Трябваше да му се каже, че леглото ще е по-добро за него.

Mutter und Schwester mussten nachdrücklich darauf bestehen, oft mit nur wenigen Vorwarnungen.

Майка и сестра трябваше да настояват с малки предупреждения.

Fünfzehn Minuten lang schüttelte er nur langsam den Kopf.

В продължение на петнадесет минути той само бавно поклащаше глава.

Und er hielt die Augen geschlossen und weigerte sich aufzustehen.

И той държеше очите си затворени и отказваше да стане.

Die Mutter zupfte sanft, aber bestimmt an seinem Ärmel.

Майката го дръпна за ръкава, нежно, но твърдо.

Und sie flüsterte ihm schmeichelhafte Worte in seine müden Ohren.

И тя прошепна ласкателни думи в уморените му уши.

Die Schwester unterbrach ihre Arbeit, um ihrer Mutter zu helfen.

Сестрата напуснала работата, която била вършила, за да помогне на майка си.

Doch keiner ihrer Versuche zeigte Wirkung beim Vater.

Но нито едно от усилията им не подейства на бащата.

Er sank noch tiefer in seinen Stuhl, bereit zum Schlafen.

Той потъна още по-дълбоко в стола си, приготвен да заспи.

Und schließlich packten ihn die Frauen unter den Achseln.

И накрая жените го хванаха под мишниците.

Er öffnete die Augen und blickte sie abwechselnd an.

Той отвори очи и ги погледна ту едно след друго.

„Was für ein Leben!", klagte er beim Zubettgehen.

„Какъв живот е това", оплака се той, лягайки си.

"Ist das der Frieden, der mir im Alter zuteilwurde?"

„Това ли е спокойствието, което ми беше дадено в напреднала възраст?"

Doch dann stützte er sich auf die beiden Frauen und stand unbeholfen auf.

Но след това, облегнат на двете жени, той се изправи неловко.

Er tat so, als trüge er die schwerste Last.

Държеше се така, сякаш носеше най-тежкия товар.

Er ließ sich von den beiden Frauen bis ans andere Ende des Raumes führen.

Той позволи на двете жени да го отведат до края на стаята.

Dort wünschte er ihnen eine gute Nacht und ging dann allein weiter.

Там той им пожела лека нощ и продължи сам.

Doch die Mutter warf hastig ihr Nähzeug hin.

Но майката набързо хвърли шевния си комплект.

Und auch die Schwester legte den Stift und den Notizblock beiseite.

И сестрата също остави химикалката и бележника.

Und sie liefen hinter dem Vater her, um ihm weiter zu helfen.

И те тичаха зад бащата, за да му помогнат допълнително.

Wer in dieser überarbeiteten Familie hatte schon Zeit für Gregor?

Кой в това претоварено от работа семейство имаше време за Грегор?

Wer hätte ihm mehr Aufmerksamkeit schenken können als nötig?

Кой би могъл да му обърне повече внимание от необходимото?

Das Haushaltsbudget wurde zunehmend eingeschränkt.
Домашният бюджет ставаше все по-ограничен.
**Um Geld zu sparen, mussten sie schließlich das
Dienstmädchen entlassen.**
В крайна сметка, за да спестят пари, те трябваше да
уволнят прислужницата.
Sie wurde durch eine stämmige, weißhaarige Frau ersetzt.
Тя беше заменена с едрокоса жена с бяла коса.
Diese Frau kam jedoch nur morgens und abends.
Но тази жена идваше само сутрин и вечер.
**Und die schwerste und härteste Arbeit wurde ihr
aufgehoben.**
И цялата най-тежка и трудна работа беше запазена за нея.
Alle anderen Hausarbeiten wurden von der Mutter erledigt.
Всички останали домакински задължения се поемаха от
майката.
**Es kam sogar vor, dass verschiedene
Familienschmuckstücke verkauft wurden.**
Случвало се е дори да се продават различни семейни
бижута.
**Schmuck, den die Frauen bei Feierlichkeiten mit Freude
getragen hatten.**
Бижута, които жените с удоволствие носеха по време на
празненства.
Gregor erfuhr dies in einer der allgemeinen Diskussionen.
Грегор научи това от една от общите дискусии.
Die größte Beschwerde betraf jedoch etwas anderes.
Най-голямото оплакване обаче беше нещо друго.
**Die Wohnung war zu groß, aber sie konnten nicht
ausziehen.**
Апартаментът беше твърде голям, но не можеха да се
изнесат.
Es gab keine Möglichkeit, Gregor umzusiedeln.
Нямаше как да преместят Грегор.
**Gregor erkannte jedoch, dass es nicht nur um
Rücksichtnahme ging.**
Но Грегор осъзна, че не става въпрос само за съображения.

Etwas anderes hielt sie davon ab, woanders hinzuziehen.

Нещо друго ги е спирало да се преместят някъде другаде.

Er hätte problemlos in einer geeigneten Kiste transportiert werden können.

Той лесно би могъл да бъде транспортиран в подходяща кутия.

Ihre Gefühle völliger Hoffnungslosigkeit hielten sie zurück.

Чувството им на пълна безнадеждност ги възпираше.

Sie wollten sich nicht eingestehen, dass sie vom Unglück getroffen worden waren.

Те не искаха да признаят, че нещастието ги е сполетяло.

Was die Welt von armen Menschen verlangt, das haben sie erfüllt.

Това, което светът изисква от бедните хора, те го изпълниха.

Der Vater holte dem kleinen Bankangestellten das Frühstück.

Бащата донесе закуска за малкия банков чиновник.

Die Mutter opferte sich für die Wäsche von Fremden auf.

Майката се жертваше за прането на непознати.

Die Schwester rannte hin und her, um die Bestellungen der Kunden aufzunehmen.

Сестрата тичаше напред-назад за поръчките на клиентите.

Aber sie hatten einfach nicht mehr die Kraft, irgendetwas weiter zu tun.

Но те просто нямаха сили да направят нищо повече.

Die Wunde in Gregors Rücken schmerzte nun noch mehr.

Раната на гърба на Грегор започна да боли още повече.

Jeden Abend brachten Mutter und Schwester den Vater ins Bett.

Всяка вечер майка и сестра довеждаха бащата в леглото.

Sie ließen ihre Arbeit liegen und setzten sich zusammen.

Те оставиха работата си където си беше, и седнаха заедно.

Und sie rückten näher zusammen und saßen Wange an Wange.

И те се приближиха един до друг и седнаха буза до буза.

Die Mutter zeigte auf das Zimmer, von dem aus er zusah.

Майката посочи към стаята, откъдето той наблюдаваше.
"Würdest du die Tür schließen?", fragte sie die Schwester.
„Би ли затворила вратата?" – помоли тя сестрата.
Und dann war Gregor wieder allein in der Dunkelheit.
И тогава Грегор отново остана сам в тъмното.
Und im Nebenzimmer vermischten die Frauen ihre Tränen.
И в съседната стая жената смеси сълзите им.
Oder sie saßen mit trockenen Augen da und starrten einfach nur auf den Tisch.
Или седяха със сухи очи, просто втренчени в масата.
Gregor schlief kaum, weder nachts noch tagsüber.
Грегор почти не спеше, нито нощем, нито денем.
Er dachte oft darüber nach, wie er der Familie helfen könnte.
Той често мислеше как би могъл да помогне на семейството.
Er dachte darüber nach, das Geld wieder für sie zu verdienen.
Той си помисли как отново да спечели парите за тях.
Er dachte darüber nach, das zu tun, was er früher für sie getan hatte.
Той си помисли да направи това, което правеше преди за тях.
In seinen Gedanken erschien der Bevollmächtigte wieder.
В мислите си упълномощеният представител се върна.
Und dieses Mal kam auch der Chef in die Wohnung.
И този път шефът също дойде в апартамента.
Und die Angestellten und die Lehrlinge waren auch da.
И чиновниците, и чираците също бяха там.
Sogar der etwas begriffsstutzige Büroangestellte kam, um ihn zu sehen.
Дори бавноумният служител в офиса дойде да го види.
Es waren zwei oder drei Freunde aus anderen Branchen dabei.
Имаше двама или трима приятели от други фирми.
Eine der Zimmermädchen aus einem Hotel in der Provinz.
Една от камериерките от хотел в провинцията.

Eine kostbare und flüchtige Erinnerung, an der er festzuhalten versuchte.

Скъп и мимолетен спомен, за който се опитваше да се задържи.

Eine Kassiererin aus einem Hutgeschäft, für die er Absichten hatte.

Касиер от магазин за шапки, за когото имаше намерения.

Doch er war etwas zu langsam gewesen, um ihre Zustimmung zu gewinnen.

Но той беше малко прекалено бавен, за да спечели одобрението ѝ.

Sie alle tauchten in seinen Gedanken auf, vermischt mit Fremden.

Всички те се появяваха в мислите му, смесени с непознати.

Und andere erschienen nicht; sie waren bereits vergessen.

А други не се появиха; те вече бяха забравени.

Aber sie halfen weder ihm noch seiner Familie.

Но те не му помогнаха, нито пък помогнаха на семейството.

Sie waren unzugänglich, und er war froh, als sie weg waren.

Те бяха недостъпни и той се зарадва, когато си тръгнаха.

Er war nicht immer in der Stimmung, sich Sorgen um die Familie zu machen.

Той не винаги беше в настроение да се тревожи за семейството.

Und er war voller Wut über die mangelnde Aufmerksamkeit.

И той беше изпълнен с ярост от липсата на внимание.

Und er konnte sich nichts vorstellen, worauf er Appetit hätte.

И не можеше да си представи нищо, за което да има апетит.

Doch er schmiedete trotzdem Pläne, in die Speisekammer einzubrechen.

Но той все още кроеше планове да проникне с взлом в килера.

Und er würde sich alles nehmen, was ihm zustand.

И щеше да вземе всичко, което заслужаваше.
Die Schwester bemühte sich nicht mehr besonders um ihn.
Сестрата вече не полагаше никакви специални усилия за него.
Sie verschwendete keine Zeit mehr damit, darüber nachzudenken, wie sie ihm gefallen könnte.
Тя вече не прекарваше време в мисли как да му угоди.
Vor der Arbeit schob sie schnell etwas zu essen ins Zimmer.
Преди работа тя бързо внесе малко храна в стаята.
Und am Abend kehrte sie die Essensreste schnell wieder zusammen.
И вечерта тя бързо отново прибра храната.
Ob er gegessen hatte oder nicht, bemerkte sie nicht mehr.
Дали беше ял или не, тя вече не забеляза.
In den meisten Fällen blieb das Essen nun unberührt.
Сега храната най-често оставаше недокосната.
Abends huschte sie immer noch schnell durch den Raum.
Тя все още бързо се разхождаше из стаята вечер.
Doch nun tat sie nur das Nötigste, und zwar so schnell wie möglich.
Но сега тя направи най-необходимото, възможно най-бързо.
An den Mauern zogen sich Spuren von Schmutz entlang.
По стените бяха оставени следи от мръсотия.
Auf dem Boden lagen Staub- und Müllklumpen.
Топки прах и боклуци бяха оставени да лежат по пода.
Gregor missbilligte ihre Nachlässigkeit.
Грегор показа неодобрението си от липсата на грижи от нея.
Er drehte sich in einem besonders markanten Winkel.
Той се обърна под особено значителен ъгъл.
Aber er hätte wochenlang in dieser Position bleiben können.
Но можеше да остане на поста си седмици наред.
Seine Schwester hätte seine Unzufriedenheit nicht bemerkt.
Сестра му нямаше да забележи недоволството му.
Sie sah den Dreck genauso gut wie er, wenn nicht sogar besser.

Тя виждаше пръстта също толкова добре, колкото и той, ако не и по-добре.

Aber sie hatte beschlossen, den Dreck dort zu lassen, wo er war.

Но тя беше решила да остави пръстта там, където си е.

Damals entwickelte sie eine völlig neue Sensibilität.

По това време тя възприе напълно нова чувствителност.

Sie hatte es sich zur Aufgabe gemacht, Gregors Zimmer zu reinigen.

Тя беше превърнала почистването на стаята на Грегор в своя отговорност.

Die Familie war von ihrer freundlichen Rücksichtnahme sehr berührt.

Семейството беше трогнато от нейната мила загриженост.

Einst hatte die Mutter sein Zimmer gründlich gereinigt.

Веднъж майката почисти старателно стаята му.

Erst nachdem sie mehrere Eimer Wasser verbraucht hatte, gelang es ihr.

Едва след като използва няколко кофи вода, тя успя.

Die neu aufgetretene Feuchtigkeit im Zimmer schadete Gregor jedoch.

Новата влага в стаята обаче навреди на Грегор.

Und er lag breitbeinig, verbittert und regungslos auf dem Sofa.

И той лежеше широко, огорчен и неподвижен на дивана.

Doch das war nur ihre erste Strafe für ihre Hilfeleistung.

Но това беше само първото ѝ наказание за помощта.

Die Schwester bemerkte schnell die Veränderung in Gregors Zimmer.

Сестрата бързо забеляза промяната в стаята на Грегор.

Und sie rannte, zutiefst beleidigt, ins Wohnzimmer.

И тя изтича в хола, изключително обидена.

Ihre Mutter hob die Hände und versuchte, sie zu beschwören.

Майка ѝ вдигна ръце и се опита да я умолява.

Doch trotz einer aufrichtigen Erklärung brach sie in Tränen aus.

Но въпреки искреното обяснение, тя избухна в сълзи.
Der Vater erschrak natürlich und fuhr aus seinem Stuhl hoch.
Бащата, разбира се, се стресна и скочи от стола си.
Und die beiden Eltern schauten fassungslos und hilflos zu.
И двамата родители гледаха, смаяни и безпомощни.
Und schließlich gerieten auch ihre Gefühle in Aufruhr.
И в крайна сметка емоциите им също се раздвижиха.
Der Vater warf der Mutter vor, was sie getan hatte.
Бащата упрекнал майката за стореното.
"Du hättest das Zimmer Grete zum Putzen überlassen sollen."
„Трябваше да оставиш стаята на Грете да я почисти.“
Grete schrie die Mutter an, weil sie sein Zimmer aufgeräumt hatte.
Грете се развика на майка си, че е почистила стаята му.
„Du darfst sein Zimmer nie wieder putzen!“
„Никога повече няма да ти бъде позволено да чистиш стаята му!“
Die Mutter versuchte, den Vater ins Schlafzimmer zu zerren.
Майката се опита да завлече бащата в спалнята.
Die Schwester blieb zitternd und schluchzend im Zimmer zurück.
Сестрата остана в стаята, трепереща и ридаеща.
Und sie hämmerte mit ihren kleinen Fäustchen auf den Tisch.
И тя заудря по масата с малките си юмручета.
Und Gregor zischte sie alle lautstark vor Wut an.
И Грегор изсъска силно от гняв към всички тях.
Warum war niemand auf die Idee gekommen, ihm die Tür zu schließen?
Защо никой не се беше сетил да му затвори вратата?
Sie hätten ihm diesen Anblick und Lärm ersparen können.
Можеха да му спестят тази гледка и шум.
Die Schwester war erschöpft, als sie von der Arbeit nach Hause kam.
Сестрата беше изтощена, след като се прибра от работа.

Und die Betreuung von Gregor bedeutete für sie noch mehr Arbeit.

А грижата за Грегор беше още по-трудна за нея.

Das bedeutete aber nicht, dass die Mutter es hätte tun sollen.

Но това не означаваше, че майката е трябвало да го направи.

Gregor hingegen sollte nicht vernachlässigt werden.

Грегор, от друга страна, не бива да бъде пренебрегван.

Aber jetzt hatten sie ein neues Dienstmädchen, das solche Dinge tun konnte.

Но сега имаха нова прислужница, която можеше да прави такива неща.

Eine ältere Witwe mit kräftigem Knochenbau.

Възрастна вдовица със здрава костна структура.

Eine Statur, die ihr half, ihr schwieriges Leben zu überstehen.

Фигура, която ѝ е помогнала да оцелее в трудния си живот.

Sie hatte keine wirkliche Abneigung gegen Gregors Erscheinung.

Тя не изпитваше истинско отвращение към външния вид на Грегор.

Sie hatte versehentlich die Tür zu Gregors Zimmer geöffnet.

Тя случайно беше отворила вратата на стаята на Грегор.

Es geschah nicht aus besonderer Neugierde bezüglich des Zimmers.

Не беше от някакво особено любопитство към стаята.

Sie tat lediglich ihre Arbeit und öffnete dabei zufällig die Tür.

Тя просто си вършеше работата и случайно отвори вратата.

Gregor war natürlich völlig überrascht von ihr.

Грегор, разбира се, беше напълно изненадан от нея.

Er wurde nicht verfolgt, aber er rannte hin und her.

Не го гонеха, а тичаше напред-назад.

Und sie verschränkte einfach die Arme und sah ihm beim Krabbeln zu.

И тя просто скръсти ръце и го наблюдаваше как пълзи.

Seitdem hat sie ihm immer einen Spaltbreit die Tür geöffnet.

Оттогава тя винаги отваряше вратата малко по малко за него.

Eines Morgens schaute sie nach ihm, um zu sehen, wie es ihm ging.

Веднъж сутринта тя надникна да види как е той.

Und am Abend sah sie nach ihm, bevor sie ging.

И вечерта тя го провери, преди да си тръгне.

Zuerst versuchte sie auch, ihn zu sich zu rufen.

В началото тя също се опита да го повика да дойде при нея.

„Komm her, du alter Mistkäfer!", pflegte sie zu sagen.

„Ела тук, стар торен бръмбар!", казваше тя.

Oder sie sagte freundlich: „Schau dir den alten Mistkäfer an!"

Или пък каза приятелски: „Вижте стария торен бръмбар!".

Gregor reagierte nie darauf, wenn man so mit ihm sprach.

Грегор никога не реагираше, когато му се говореше по този начин.

Er blieb stehen, ohne sich zu rühren, und ignorierte sie.

Той остана там, неподвижен, и не й обърна внимание.

„Wenn man ihr doch nur gesagt hätte, wie man ihre Arbeit richtig macht."

„Само да й бяха казали как правилно да си върши работата."

„Anstatt mich zu belästigen, sollte sie lieber mein Zimmer aufräumen."

„Вместо да ме безпокои, тя трябва да почисти стаята ми."

Eines Morgens prasselte ein heftiger Regenguss gegen die Fenster.

Веднъж рано сутринта силен дъжд удари прозорците.

Vielleicht war der Regen bereits ein Zeichen für den kommenden Frühling.

Може би дъждът вече беше знак за настъпващата пролет.

Das Dienstmädchen begann wieder auf diese Weise mit ihm zu sprechen.

Прислужницата отново започна да му говори по този начин.

Gregor war so verbittert, dass er sich umdrehte und ihr ins Gesicht sah.

Грегор беше толкова огорчен, че се обърна към нея.

Er war langsam und gebrechlich, aber es war eine Art Angriff.

Той беше бавен и немощен, но това беше нещо като атака.

Das Dienstmädchen hingegen hatte überhaupt keine Angst vor Gregor.

Прислужницата обаче изобщо не се страхуваше от Грегор.

Stattdessen hob sie einen Stuhl hoch, der in der Nähe der Tür stand.

Вместо това тя вдигна стол, който беше близо до вратата.

Und sie stand da, ganz ruhig, mit weit geöffnetem Mund.

И тя стоеше там, спокойно, с широко отворена уста.

Ihre Absichten waren klar, das konnte sogar Gregor erkennen.

Намеренията ѝ бяха ясни, дори Грегор можеше да го види.

Und er drehte sich langsam um und kehrte zu seinem ursprünglichen Platz zurück.

И той се обърна, бавно, в първоначалната си позиция.

"Sie wollen also nicht näher kommen, oder?"

— Значи не искаш да се приближиш повече, нали?

Und sie stellte den Stuhl leise wieder in die Ecke.

И тя тихо върна стола в ъгъла.

Gregor aß kaum noch etwas.

Грегор почти не ядеше вече нищо.

Manchmal blieb er bei seinen Rundgängen im Zimmer stehen.

Понякога, по време на разходките си из стаята, той спираше.

Und er befand sich neben dem für ihn zubereiteten Essen.

И той се озова до приготвената за него храна.
Er steckte sich das Essen in den Mund, aber nur, um damit zu spielen.
Той сложи храната в устата си, но само за да си играе с нея.
Und nicht selten spuckte er es nach ein paar Stunden wieder aus.
И доста често го изплюваше отново след няколко часа.
Er versuchte, einen Grund für seinen Appetitverlust zu finden.
Той се опита да намери причина за липсата си на апетит.
Vielleicht, weil er mit dem Zustand seines Zimmers unzufrieden war.
Може би защото беше тъжен за състоянието на стаята си.
Aber er hatte sich mit den Veränderungen im Raum abgefunden.
Но той се беше примирил с промените в стаята.
In letzter Zeit hatte sich sein Zimmer in eine Art Abstellraum verwandelt.
Напоследък стаята му се беше превърнала в нещо като склад.
Sie hatten sich angewöhnt, Dinge dort liegen zu lassen.
Бяха си свикнали да оставят нещата там.
Und nun lagen noch viele solcher Dinge in seinem Zimmer.
И сега в стаята му бяха останали много такива неща.
Weil ein Zimmer der Wohnung vermietet worden war.
Защото едната стая от апартамента беше отдадена под наем.
Drei ernsthafte Herren mieteten das Zimmer gemeinsam.
Трима сериозни господа наемаха стаята заедно.
Gregor hat sie einmal durch einen Türspalt erblickt.
Грегор веднъж ги забеляза през процеп на вратата.
Sie trugen Vollbärte und waren penibel gekleidet.
Те имаха гъсти бради и бяха педантично облечени.
Sie achteten penibel darauf, dass alles ordentlich blieb.
Те бяха щателни в поддържането на реда във всичко.

**Ihr Hang zur Ordnung beschränkte sich nicht nur auf ihr
Zimmer.**

Тяхното настояване за чистота не спираше само до стаята
им.

**Die gesamte Wohnung musste tadellos sauber gehalten
werden.**

Целият апартамент трябваше да се поддържа идеално
чист.

**Sie legten sogar noch mehr Wert auf das Aussehen der
Küche.**

Те бяха още по-придирчиви към това как изглежда
кухнята.

Und unnötigen Unrat konnten sie nicht dulden.

И не можеха да толерират никаква ненужна бъркотия.

Sie hatten auch ihre eigenen Möbel mitgebracht.

Те също бяха донесли собствените си мебели със себе си.

**Aus diesem Grund waren viele Dinge überflüssig
geworden.**

Поради тази причина много неща бяха станали излишни.

Das waren Dinge, für die niemand Geld bezahlen würde.

Това бяха неща, за които никой не би платил пари.

Die Familie wollte diese Dinge aber auch nicht wegwerfen.

Но семейството също не искаше да се откаже от тези неща.

All diese Dinge landeten irgendwo in Gregors Zimmer.

Всички тези неща отидоха някъде в стаята на Грегор.

**Der Aschenbecher aus der Küche stand nun in seinem
Zimmer.**

Пепелникът от кухнята сега се съхраняваше в стаята му.

**Und der Müll wurde bis zum Abholtag in seinem Zimmer
aufbewahrt.**

И боклукът се държал в стаята му до деня на боклука.

**Das Dienstmädchen warf alles, was sie nicht brauchte, in
sein Zimmer.**

Камериерката хвърляше в стаята му всичко, което не ѝ
трябваше.

**Zum Glück sah er nichts weiter als die Hand und den
Gegenstand.**

За щастие, той не видя нищо повече от ръката и предмета.

Sie hatte wahrscheinlich vor, die Sachen später abzuholen.

Вероятно е възнамерявала да се върне за нещата по-късно.

Oder vielleicht wollte sie einfach alles auf einmal wegwerfen.

Или може би е искала да захвърли всичко наведнъж.

Doch alles blieb dort, wo es ursprünglich gelandet war.

Всичко обаче си остана там, където беше кацнало първоначално.

Es sei denn, Gregor bewegte den Schrott, indem er sich hindurchzwängte.

Освен ако Грегор не е преместил боклуците, като се е промъкнал през тях.

Zuerst musste er sich durch den ganzen Schrott hindurchkriechen.

В началото беше принуден да пълзи през всичките боклуци.

Es gab für ihn keine Möglichkeit, dies zu vermeiden.

Нямаше никаква възможност той да избегне това.

Später fand er jedoch tatsächlich Freude an dieser Tätigkeit.

Но по-късно той действително намери удоволствие в това занимание.

Diese Anstrengung hinterließ ihn jedoch traurig und zutiefst erschöpft.

Въпреки че подобни усилия го натъжаваха и го изтощаваха дълбоко.

Und danach war er viele Stunden lang bewegungsunfähig.

И след това той не можеше да се движи в продължение на много часове.

Die Untermieter aßen manchmal im Wohnzimmer.

Наемателите понякога се хранеха в хола.

Die Wohnzimmertür blieb an diesen Abenden geschlossen.

В тези вечери вратата на хола оставаше затворена.

Gregor hatte aber keine Schwierigkeiten, die Tür jetzt nicht zu öffnen.

Но Грегор нямаше никаква трудност да не отвори вратата сега.

Selbst wenn die Tür offen war, schaute er nicht immer hinaus.

Дори когато вратата беше отворена, той не винаги поглеждаше навън.

Doch er legte sich in die dunkelste Ecke des Zimmers.

Но той се отпусна в най-тъмния ъгъл на стаята.

Auch der Familie fiel seine mangelnde Aufmerksamkeit nicht auf.

Семейството също не забеляза липсата на внимание от негова страна.

Doch einmal ließ das Dienstmädchen die Tür offen.

Но веднъж прислужницата остави вратата отворена.

Die Tür blieb auch dann offen, als die Mieter zurückkehrten.

Вратата остана отворена дори когато наемателите се върнаха.

Und die Tür war offen, als das Licht eingeschaltet wurde.

И вратата беше отворена, когато лампата беше включена.

Der Mann saß an dem Tisch, an dem die Familie zu Abend aß.

Мъжът седеше на масата, където семейството вечеряше.

Vater, Mutter und Gregor saßen dort in früheren Zeiten.

Баща, майка и Грегор са седели там в по-ранни времена.

Sie entfalteten die Servietten und nahmen Messer und Gabeln.

Те разгънаха салфетките и взеха ножове и вилици.

Die Mutter erschien mit einer Schüssel Fleisch in der Tür.

Майката се появи на вратата с купа месо.

Dann kam die Schwester mit einer Schüssel voller Kartoffeln herein.

Тогава сестрата влезе с купа, пълна с картофи.

Die Untermieter beugten sich über die vor ihnen aufgestellten Schüsseln.

Квартиращите се наведоха над купите, поставени пред тях.

Der dichte Rauch des Essens stieg ihnen bis in die Nasen.

Гъстият дим от храната се издигаше до носовете им.

Aber sie hatten noch nicht entschieden, ob sie das Essen essen würden.

Но те все още не бяха решили дали ще ядат храната.

Vielleicht würden sie das Essen zurück in die Küche schicken.

Може би щяха да върнат ястието обратно в кухнята.

Der Mann in der Mitte schien die Autoritätsperson zu sein.

Мъжът, който седеше по средата, изглеждаше като авторитет.

Er schnitt das Fleisch an, um festzustellen, ob es zart genug war.

Той наряза месото, за да провери дали е достатъчно крехко.

Er war zufrieden mit dem Geruch und Aussehen des Essens.

Той беше доволен от това как миришеше и изглеждаше храната.

Die Mutter und die Schwester hatten sie ängstlich beobachtet.

Майката и сестрата ги наблюдаваха тревожно.

Und sie begannen zu lächeln, begleitet von einem Seufzer der aufgestauten Erleichterung.

И те започнаха да се усмихват с въздишка на натрупано облекчение.

Die Familie selbst wollte in der Küche essen.

Самото семейство щеше да се храни в кухнята.

Doch zuerst ging der Vater nach den Untermietern sehen.

Но първо бащата отиде да провери наемателите.

Er verbeugte sich einmal und hielt dabei seine Arbeitsmütze in der Hand.

Той се поклони веднъж, държейки в ръка шапката си от работата.

Und er ging einmal im Kreis um den Tisch herum, zu jedem Gast.

И той обиколи масата, до всеки гост

Die Untermieter standen alle auf und murmelten in ihre Bärte.

Всички наематели се изправиха, мърморейки в брадите си.

Nachdem er gegangen war, aßen sie in fast völliger Stille.

След като си тръгна, те се хранеха в почти пълно мълчание.

Gregor fand es seltsam, dass er Kaugeräusche hörte.

На Грегор му се стори странно, че чува дъвчене.

Kein anderer Aspekt des Essens schien Geräusche zu verursachen.

Никой друг аспект от храненето сякаш не издаваше звук.

Aber er konnte deutlich hören, wie Zähne aufeinander knirschten.

Но той ясно чуваше скърцането на зъби.

Sie schienen ihm sagen zu wollen, dass er Zähne zum Essen brauche.

Изглеждаше, че му трябват зъби, за да се храни.

"Ohne Zähne im Kiefer kann man gar nichts machen."

„Не можеш да направиш нищо, ако челюстите ти са беззъби.“

„Ich möchte etwas essen", sagte Gregor ängstlich.

— Бих искал да хапна нещо — каза Грегор тревожно.

„Aber ich habe keinen Appetit auf das, was ihr alle esst."

„Но нямам апетит за това, което всички вие ядете.“

„Seht euch an, wie diese Mieter essen, und ich verhungere hier."

„Вижте как тези наематели ядат, а аз умирам от глад.“

Gregor dachte an diesem Abend zufällig an die Geige.

Грегор случайно си помисли за цигулката онази вечер.

Er hatte die Geige seit der Verwandlung nicht mehr gehört.

Не беше чувал цигулка от трансформацията.

Doch dann, an diesem Abend, ertönte ein Geräusch aus der Küche.

Но тогава, тази вечер, от кухнята се чу звук.

Die Herren hatten ihr Abendessen bereits beendet.

Господата вече бяха приключили с вечерята си.

Der mittlere Herr hatte begonnen, eine Zeitung zu lesen.

Средният джентълмен беше започнал да чете вестник.

Den beiden anderen Herren hatte er jeweils ein Blatt gegeben.

Той беше дал на другите двама господа по един лист.

Und nun lehnten sie sich zurück, lasen und rauchten.

А сега те се бяха облегнали назад, четяха и пушеха.

Als die Geige zu spielen begann, wurden sie aufmerksam.

Когато цигулката започна да свири, те станаха внимателни.

Sie standen auf und gingen auf Zehenspitzen zur Tür des Vorzimmers.

Те станаха и тръгнаха на пръсти към вратата на преддверието.

Hier standen sie eng beieinander und lauschten an der Tür.

Ето ги, те стояха сгушени един до друг и слушаха на вратата.

Die Familie muss die Männer aus der Küche gehört haben.

Семейството сигурно е чуло мъжете от кухнята.

Denn der Vater rief sie und fragte sie:

Защото бащата ги извика и ги попита;

"Ist die Geige für die Herren vielleicht unbequem?"

„Може би цигулката е неудобна за господата?"

„Wenn Ihnen die Musik nicht gefällt, können wir sofort aufhören."

„Ако не харесваш музиката, можем да спрем веднага."

„Im Gegenteil", sagte der mittlere der beiden Herren.

— Напротив — каза средният от господата.

Möchte die junge Dame in unserem Zimmer Geige spielen?

„Би ли искала младата дама да свири на цигулка в нашата стая?"

„Hier ist es definitiv viel komfortabler und gemütlicher."

„Тук определено е много по-комфортно и уютно."

Der Vater antwortete, als wäre er selbst der Geiger.

Бащата отговори, сякаш самият той беше цигулар.

"Oh bitte, das wäre wunderbar", rief der Vater.

„О, моля ви, това би било чудесно", извика бащата.

Die Herren kehrten ins Wohnzimmer zurück und warteten.

Господата се върнаха в хола и зачакаха.

Bald darauf kam der Vater mit dem Notenständer ins Zimmer.

Скоро бащата влезе в стаята с пюпитрата.

Die Mutter kam mit dem Notenbuch ins Zimmer.

Майката влезе в стаята с нотната книга.

Und die Schwester kam mit der Geige ins Zimmer.

И сестрата влезе в стаята с цигулката.

Sie bereitete in aller Ruhe alles vor, um Geige zu spielen.

Тя спокойно подготви всичко, за да свири на цигулка.

Die Eltern übertrieben ihre Höflichkeit und ihr Benehmen.

Родителите преувеличиха учтивостта и обноските си.

Sie hatten zuvor noch nie Zimmer an Untermieter vermietet.

Те никога преди не бяха отдавали стаи под наем на квартиранти.

Und sie trauten sich nicht einmal, auf ihren eigenen Stühlen zu sitzen.

И дори не смееха да седнат на собствените си столове.

Statt sich hinzusetzen, lehnte sich der Vater gegen die Tür.

Вместо да седне, бащата се облегна на вратата.

Seine rechte Hand befand sich zwischen zwei Knöpfen seines Mantels.

Дясната му ръка беше между две копчета на палтото му.

Der Mutter wurde jedoch von einem Herrn ein Stuhl angeboten.

На майката обаче един господин предложи стол.

Aber sie setzte sich an die Stelle, wo der Herr den Stuhl hingestellt hatte.

Но тя седна там, където господинът беше поставил стола.

Und er hatte den Stuhl nicht an einem bestimmten Ort aufgestellt.

И не беше поставил стола на някое конкретно място.

So saß die Mutter abseits von allen anderen in einer Ecke.

И така, майката седна отделно от всички, в ъгъла.

Und schließlich begann die Schwester Geige zu spielen.

И накрая сестрата започна да свири на цигулка.

Die Eltern auf den gegenüberliegenden Seiten beobachteten das Geschehen aufmerksam.

Родителите, от противоположните страни, внимателно наблюдаваха.

Und sie beobachteten jede Bewegung ihrer Hand genau.

И те внимателно наблюдаваха всяко движение на ръката ѝ.

Gregor war auch vom Geigenspiel fasziniert.

Грегор също бил привлечен от свиренето на цигулка.

Und er wagte sich ein Stück weiter aus seinem Zimmer hinaus.

И той се осмели да излезе още малко от стаята си.

Er hatte den Kopf schon im Wohnzimmer.

Той вече беше пъхнал глава в хола.

Er war stets sehr stolz darauf, besonders rücksichtsvoll zu sein.

Той много се гордееше с това, че е много внимателен.

Doch in letzter Zeit hinterfragte er seine Nachlässigkeit kaum noch.

Но напоследък той почти не поставяше под въпрос липсата на грижи.

Auch wenn er jetzt mehr Grund hatte, sich zu verstecken als zuvor.

Въпреки че сега имаше повече причини да се крие, отколкото преди.

Weil sein Zimmer mit Staub und allerlei Schmutz bedeckt war.

Защото стаята му беше покрита с прах и различна мръсотия.

Die geringste Bewegung wirbelte allerlei Schmutz auf.

Най-малкото движение вдигаше всякакви мръсотии.

Der ganze Dreck klebte an ihm: Staub, Haare, Essensreste.

Цялата тази мръсотия се беше залепила за него; прах, коса, остатъци от храна.

Er hätte den Schmutz am Teppich abreiben können.

Можеше да изтърка мръсотията в килима.

Das tat er mehrmals täglich.

Това беше нещо, което той правеше по няколко пъти дневно.

Doch seine Gleichgültigkeit gegenüber allem war viel zu groß.

Но безразличието му към всичко беше твърде голямо.

Deshalb hatte er keine Angst, noch ein Stück weiterzugehen.

Така че той не се страхуваше да продължи още малко напред.

Und er betrat den makellosen Wohnzimmerboden.

И той се премести върху безупречния под на хола.

Doch niemand bemerkte ihn oder schenkte ihm Beachtung.

Никой обаче не го забеляза, нито му обърна внимание.

Die Familie war völlig in das Konzert vertieft.

Семейството беше напълно погълнато от концерта.

Die Herren hingegen zogen sich zunächst zurück.

Господата, от друга страна, първоначално се отдръпнаха.

Und sie standen dicht hinter dem Notenständer der Schwester.

И те стояха близо зад пюпитрата за ноти на сестрата.

Wenn sie hingesehen hätten, hätten sie die Noten sehen können.

Ако бяха погледнали, щяха да видят музикалните ноти.

Dies hätte die Schwester natürlich beunruhigt.

Това, разбира се, би обезпокоило сестрата.

Dann blieben sie am Fenster stehen, anstatt sich hinzusetzen.

След това те застанаха до прозореца, вместо да седнат.

Mit den Händen in den Taschen redeten sie weiter.

С ръце в джобовете си те продължиха да говорят.

Sie blieben dort, während der Vater ängstlich zusah.

Те останаха там, докато бащата ги наблюдаваше тревожно.

Man hatte den Eindruck, dass sie andere Erwartungen hatten.

Човек имаше впечатлението, че имат други очаквания.

Und es schien wirklich so, als wären sie enttäuscht gewesen.

И наистина изглеждаше сякаш бяха разочаровани.

Es schien, als hätten sie genug von der Vorstellung.

Изглеждаше сякаш им е писнало от изпълнението.

Sie hatten zugelassen, dass die Geige ihren Frieden störte.

Те бяха позволили на цигулката да наруши спокойствието им.

Und sie tolerierten die Musik nur aus Höflichkeit.

И те толерираха музиката само от учтивост.

Besonders beunruhigend war, wie sie den Rauch wegbliesen.

Как разпръснаха дима беше особено обезпокоително.

Und dennoch spielte sie so wunderschön Geige.

И въпреки това тя свиреше на цигулка толкова красиво.

Ihr Gesicht war leicht zur Seite geneigt, auf der Geige.

Лицето ѝ беше леко наклонено настрани, върху цигулката.

Ihr Blick wanderte traurig die Notenlinien entlang.

Очите ѝ тъжно търсеха по нотните редове.

Gregor fühlte sich ein wenig mehr ins Wohnzimmer hineingezogen.

Грегор се почувства още малко привлечен от хола.

Er hielt den Kopf dicht am Boden, blickte aber nach oben.

Той държеше главата си близо до земята, но гледаше нагоре.

Vielleicht würde sich so der Blick seiner Schwester mit seinem treffen.

Може би по този начин погледът на сестра му щеше да срещне неговия.

Kann man wirklich sagen, dass er nur ein Tier war?

Може ли наистина да се каже, че той е бил просто животно?

War er etwa ein Tier, wenn ihn Musik so fesseln konnte?

Дали е бил животно, щом музиката може да го пленява толкова много?

Er hatte das Gefühl, ihm sei ein Weg zu unbekannter Nahrung gezeigt worden.

Той се чувстваше сякаш му е показан път към непозната храна.

Vielleicht war dies die Nahrung, die ihm fehlte.

Може би това беше прехраната, която му липсваше.

Er war fest entschlossen, zu seiner Schwester zu gelangen.

Той беше твърдо решен да се приближи до сестра си.

Er wollte an ihrem Rock zupfen, um ihre Aufmerksamkeit zu erregen.

Искаше му се да я дръпне за полата, за да привлече вниманието ѝ.

Er wollte ihr eine Art Einladung signalisieren.

Той искаше да ѝ даде знак, че е поканен.

„Komm und spiel Geige in meinem Zimmer", wollte er sagen.

„Ела да посвириш на цигулка в стаята ми", искаше да каже той.

Er wollte, dass sie für ihre wunderschöne Musik belohnt wird.

Той искаше тя да бъде възнаградена за красивата си музика.

"Niemand hier belohnt dich dafür, dass du Geige spielst."

„Никой тук не те възнаграждава за това, че свириш на цигулка."

Er wollte sie nicht mehr aus seinem Zimmer lassen.

Той вече не искаше да я пуска от стаята си.

Er wollte, dass sie so lange bei ihm blieb, wie er lebte.

Той искаше тя да остане с него, докато е жив.

Zum ersten Mal hatte seine Verwandlung einen Vorteil.

За първи път трансформацията му имаше полза.

Seine Missbildung würde ihm nun endlich noch von Nutzen sein.

Деформацията му най-накрая щеше да му бъде полезна.

Er wollte gleichzeitig an allen vier Türen sein.

Искаше да е едновременно на четирите врати.

Er wollte sie von allen Seiten anfauchen und anspucken.

Искаше му се да съска и да ги заплюе отвсякъде.

Seine Schwester sollte nicht gezwungen werden, bei ihm zu bleiben.

Сестра му не бива да бъде принуждавана да остане с него.

Er wollte, dass sie sich freiwillig dafür entschied, bei ihm zu bleiben.

Той искаше тя доброволно да избере да остане с него.

Sie wollte sich neben ihn setzen und sich zu ihm hinunterbeugen.

Тя щеше да седне до него и да се наведе към него.

Und er wollte ihr von der Musikschule erzählen.

И щеше да й разкаже за музикалното училище.

Er hatte die feste Absicht, sie auf die Akademie zu schicken.

Той имаше твърдото намерение да я изпрати в академията.

Das hätte er allen schon letztes Weihnachten erzählt.

Щеше да разкаже на всички за това миналата Коледа.

War Weihnachten etwa schon wieder vorbei?

Дали Коледа наистина вече дойде и си отмина?

Und er hätte sich von niemandem davon abbringen lassen.

И той не би позволил на никого да го разубеди от това.

Doch dann setzte das Unglück allem ein Ende.

Но тогава злощастният инцидент спря всичко.

Die Schwester wäre von ihren Gefühlen überwältigt gewesen.

Сестрата щеше да бъде обзета от емоции.

Und dann wäre Gregor bis auf ihre Schulter geklettert.

И тогава Грегор щеше да се покатери до рамото й.

Und er hätte sie getröstet, indem er ihren Hals geküsst hätte.

И щеше да я утеши, като я целуне по врата.

„Herr Samsa!", rief der Mann in der Mitte dem Vater zu.

„Господин Самса!", извика мъжът по средата на бащата.

Er zeigte mit dem Zeigefinger nach unten auf Gregor.

Той сочеше с показалеца си надолу към Грегор.

Gregor bewegte sich langsam über den Wohnzimmerboden.

Грегор бавно се движеше по пода на хола.

Das Geigenspiel verstummte sehr schnell.

Свиренето на цигулка много бързо замлъкна.

Der mittlere der drei Männer lächelte seine Freunde an.

Средният от тримата мъже се усмихна на приятелите си.

Dann schüttelte er den Kopf und blickte zurück zu Gregor.

После поклати глава и погледна отново към Грегор.

Der Vater hätte Gregor zurück in sein Zimmer schicken können.

Бащата можеше да принуди Грегор да се върне в стаята му.

Das war jedoch nicht die erste Maßnahme, zu der er sich entschloss.

Но това не беше първото действие, което той реши да предприеме.

Er hielt es für wichtiger, die Herren zu beruhigen.

Той смяташе, че е по-важно да успокои господата.

Obwohl sie von Gregor eigentlich überhaupt nicht verärgert waren.

Въпреки че всъщност изобщо не бяха разстроени от Грегор.

Gregor schien unterhaltsamer als das Geigenspiel.

Грегор изглеждаше по-забавен от свиренето на цигулка.

Er eilte mit ausgestreckten Armen auf sie zu.

Той се втурна към тях с протегнати ръце.

Er gab sein Bestes, um ihren Blick auf Gregor zu verbergen.

Той се стараеше с всички сили да прикрие мнението им за Грегор.

Und er versuchte, sie zur Rückkehr in ihr Zimmer zu bewegen.

И той се опита да ги насърчи да се върнат в стаята си.

Das hat sie eher ein wenig verärgert.

Ако не друго, това всъщност ги раздразни малко.

Es war aber schwer zu sagen, was genau sie störte.

Но беше трудно да се каже какво точно ги е подразнило.

Der Vater verdarb die abendliche Unterhaltung.

Бащата разваляше забавлението през вечерта.

Aber sie hatten auch gerade erst von ihrem neuen Mitbewohner erfahren.

Но те току-що бяха научили и за новия си съквартирант.

Sie hoben die Hände, genau wie der Vater es getan hatte.

Те вдигнаха ръце точно както беше направил бащата.

Sie verlangten vom Vater eine sofortige Erklärung.

Те поискаха незабавно обяснение от бащата.

Sie zupften unruhig an ihren Bärten, um eine Antwort zu bekommen.

Те неспокойно дърпаха брадите си, търсейки отговор.
Und sie bewegten sich rückwärts in ihr Zimmer, aber sehr langsam.
И те се придвижиха назад към стаята си, но много бавно.
Die Unterbrechung hatte die Schwester in eine Trance versetzt.
Прекъсването беше хвърлило сестрата в транс.
Sie ließ Geige und Bogen an ihrer Seite herabhängen.
Тя остави цигулката и лъка да висят до нея.
Und sie blickte auf die Notenblätter, als ob sie immer noch spielen würde.
И тя погледна нотния лист, сякаш все още свиреше.
Doch dann zog sie sich plötzlich wieder ins Zimmer zurück.
Но после тя внезапно се дръпна обратно в стаята.
Und sie hatte nun das Gefühl, verloren zu sein, überwunden.
И сега тя беше преодоляла чувството си на изгубеност.
Sie legte das Musikinstrument auf den Schoß ihrer Mutter.
Тя постави музикалния инструмент в скута на майка си.
Die Mutter saß schwer atmend auf dem Stuhl.
Майката седеше на стола и дишаше тежко.
Und dann musste die Schwester ins Nebenzimmer rennen.
И тогава сестрата трябваше да изтича в съседната стая.
Sie musste alles für die Herren vorbereiten.
Тя трябваше да приготви всичко за господата.
Sie warf die Decken und Kissen in die Luft.
Тя хвърли одеялата и възглавниците във въздуха.
Und mit ihren geschickten Händen richtete sie die gesamte Bettwäsche her.
И с умелите си ръце тя подреди цялото спално бельо.
Sie war schon fertig, bevor die Herren den Raum erreichten.
Тя беше приключила, преди господата да стигнат до стаята.
Und sie verschwand, bevor sie ihnen in die Quere kam.
И тя се измъкна, преди да им се изпречи на пътя.
Der Vater schien von seiner eigenen Sturheit beherrscht zu sein.

Бащата сякаш беше обзет от собствения си инат.

Und so vergaß er jeglichen Respekt, den er seinen Mietern schuldete.

И така той забрави всяко уважение, което дължеше на наемателите си.

Er drängte und drängte, bis deren Sprecher Einspruch erhob.

Той натискаше и натискаше, докато говорителят им не възрази.

Als er die Tür erreichte, stampfte er wütend mit dem Fuß auf.

Той ядосано тропна с крак, когато стигна до вратата.

Und damit brachte er den Vater zum Schweigen.

И по този начин той доведе бащата до застой.

„Hiermit erkläre ich", begann er sich an seinen Vermieter zu wenden.

„С настоящото заявявам" – започна той да се обръща към хазяина си.

Und er hob die Hand und blickte die ganze Familie an.

И той вдигна ръка, оглеждайки цялото семейство.

„Hinsichtlich der widerlichen Zustände im Zimmer;"

„Относно отвратителните условия в стаята;"

Und er sorgte dafür, dass alle seinen Worten zuhörten.

И той се увери, че всички слушат думите му.

"Hiermit kündige ich meinen Auszug aus meinem Zimmer."

„С настоящото уведомявам, че ще освободя стаята си."

Und er unterstrich seine Aussage zusätzlich, indem er auf den Boden spuckte.

И той допълнително затвърди тезата си, като плю на земята.

„Auch die Tage, die ich hier gelebt habe, werde ich nicht bezahlen."

„Нито пък ще платя за дните, които съм живял тук."

Mit dieser Rückerstattung war er allerdings nicht ganz zufrieden.

Той обаче не беше напълно доволен от това възстановяване на сумата.

„Und ich werde erwägen, weitere Forderungen an Sie zu stellen."

„И ще обмисля да отправя други искания към вас."

„Glauben Sie mir, solche Forderungen lassen sich sehr leicht rechtfertigen."

„Повярвайте ми, подобни искания ще бъдат много лесни за оправдаване."

Er schwieg und blickte den Vater direkt an.

Той мълчеше и гледаше право напред към бащата.

Er schien zu erwarten, dass noch etwas passieren würde.

Изглеждаше сякаш очакваше да се случи нещо повече.

Tatsächlich hatten seine beiden Freunde sofort die gleiche Idee.

Всъщност, двамата му приятели веднага имали същата идея.

„Wir stornieren auch unsere Zimmer", sagten sie unisono.

„И ние отменяме стаите си", казаха те в един глас.

Dann packte er den Türgriff und schloss die Tür.

След това хвана дръжката на вратата и я затвори.

Und mit einem lauten Knall schlossen sie sich in ihrem Zimmer ein.

И с трясък се затвориха в стаята си.

Der Vater taumelte mit tastenden Händen zu seinem Stuhl.

Бащата се олюля към стола си, опипвайки ръце.

Und er ließ sich besiegt in den Stuhl fallen.

И той се отпусна на стола, победен.

Es sah so aus, als ob er seinen üblichen Abendschlaf halten würde.

Изглеждаше сякаш отива на обичайната си вечерна дрямка.

Sein Kopf nickte jedoch fast so, als ob er nicht gestützt würde.

Но главата му кимна, сякаш нямаше опора.

Und man konnte sehen, dass er überhaupt nicht schlief.

И се виждаше, че изобщо не спеше.

Während all dem hatte Gregor sich nicht von der Stelle gerührt.

През цялото това време Грегор не помръдна от мястото си.
Er befand sich noch immer an der Stelle, wo die Herren ihn zuerst gesehen hatten.
Той все още беше там, където господата го бяха видели за първи път.
Selbst wenn er umziehen wollte, fand er es unmöglich.
Дори и да искаше да се премести, намираше го за невъзможно.
Entweder aus Enttäuschung oder aus Hunger.
Заради разочарованието си или заради глада си.
Er war enttäuscht über das Scheitern seines Plans.
Той беше разочарован от провала на плана си.
Und er war geschwächt von dem anhaltenden Hunger, den er verspürte.
И беше слаб от продължителния глад, който изпитваше.
Er war sich sicher, dass sich jeden Moment alle gegen ihn wenden würden.
Беше сигурен, че всеки момент всички ще се обърнат срещу него.
In Erwartung des unmittelbar bevorstehenden Zusammenbruchs wartete er.
С това очакване за предстоящ колапс той чакаше.
Die Geige begann vom Schoß der Mutter zu rutschen.
Цигулката започна да се изплъзва от скута на майката.
Mit einem ohrenbetäubenden Geräusch fiel die Geige zu Boden.
С оглушителен звук цигулката падна на земята.
Doch selbst dieses plötzliche Krachen ließ ihn nicht erschrecken.
Но дори този внезапен трясък не го стресна.
„Liebe Eltern“, sagte die Schwester, „so kann es nicht weitergehen.“
„Скъпи родители“, каза сестрата, „това не може да продължава.“
Und um ihrer Aussage Nachdruck zu verleihen, schlug sie mit der Hand auf den Tisch.

И тя удари с ръка по масата, за да докаже думите си.
"Ich werde den Namen meines Bruders vor diesem Monster nicht aussprechen."
„Няма да кажа името на брат си пред това чудовище.“
„Deshalb sage ich es so deutlich wie möglich:“
„Ето защо го казвам възможно най-директно:“
„Uns bleibt keine andere Wahl, als dieses Tier loszuwerden.“
„Нямаме друг избор, освен да се отървем от това животно.“
„Wir haben unser Bestes getan, um dieses Tier zu tolerieren und zu pflegen.“
„Направихме всичко възможно да толерираме и да се грижим за това животно.“
„Ich glaube nicht, dass uns irgendjemand auch nur im Geringsten die Schuld geben kann.“
„Мисля, че никой не може да ни вини ни най-малко.“
„Sie hat tausendfach Recht“, stimmte der Vater zu.
„Тя е хиляди пъти права“, съгласи се бащата.
Die Mutter hatte noch immer nicht wieder richtig Luft bekommen.
Майката все още не беше си поела напълно дъх.
Sie begann dumpf in ihre Hand zu husten und atmete schwer.
Тя започна да кашля глухо в ръката си, дишайки тежко.
Und in ihren Augen begann sich ein wahnsinniger Ausdruck abzuzeichnen.
И в очите ѝ започна да се появява безумно изражение.
Die Schwester eilte zu ihrer Mutter und hielt sich die Stirn.
Сестрата се втурна към майка си и я хвана за челото.
Der Vater schien von den Worten der Schwester inspiriert zu sein.
Бащата сякаш се вдъхнови от думите на сестрата.
Und seine Gedanken schienen klarer als zuvor.
И мислите му сякаш бяха по-ясни от преди.
Er hörte auf, mit dem Kopf zu nicken, und setzte sich wieder aufrecht hin.

Той спря да кима с глава и отново се изправи.
Und er spielte, in tiefes Nachdenken versunken, mit der Mütze seines Dieners.
И си играеше с шапката на слугата си, дълбоко замислен.
Die Teller der Mieter standen noch auf dem Tisch.
Чиниите от наемателите все още бяха на масата.
Und manchmal blickte er zu dem schweigenden Gregor hinüber.
И понякога поглеждаше към мълчаливия Грегор.
„Wir müssen versuchen, es loszuwerden", sagte die Schwester zu ihm.
„Трябва да се опитаме да се отървем от него", каза му сестрата.
Die Mutter war zu sehr mit Husten beschäftigt, um zuzuhören.
Майката беше твърде заета с кашлица, за да слуша.
„Das wird euch beide umbringen, ich sehe es schon kommen."
„Ще ви убие и двамата, вече го виждам."
„Wir können nicht alle weiterhin so hart arbeiten wie bisher."
„Не можем всички да продължим да работим толкова усилено, колкото правим."
„Und jeden Tag müssen wir nach Hause kommen und diese Qualen erleiden."
„И всеки ден трябва да се прибираме у дома и да преживяваме това мъчение."
„Wir können das nicht mehr ertragen. Ich kann das nicht mehr ertragen."
„Не можем да го търпим повече. Не мога да го търпя."
In einem letzten Tränenausbruch sank sie ihrer Mutter in die Arme.
Тя се хвърли върху майка си в последен изблик на сълзи.
Die Tränen rannen ihr über das Gesicht und auf das ihrer Mutter.
Сълзите се стичаха по лицето ѝ и върху това на майка ѝ.

Und mit einer mechanischen Bewegung wischte sie sich die Tränen weg.

И тя избърса сълзите с механично движение.

„Mein Kind", sagte der Vater mitfühlend.

— Детето ми — каза бащата със състрадателен глас.

In seiner Stimme lag tiefes Mitgefühl und Verständnis.

В гласа му се долавяше дълбоко съчувствие и разбиране.

„Aber was sollen wir tun?", gestand er und gab zu, es nicht zu wissen.

„Но какво да правим?", призна той, че не знае.

Die Schwester zuckte nur hilflos mit den Schultern.

Сестрата само сви безпомощно рамене.

Und ihr anfängliches Selbstvertrauen wich erneut Tränen.

И предишната й увереност отново беше заменена от сълзи.

„Wenn er uns doch nur verstehen würde", sagte der Vater laut.

„Само да ни разбираше", каза бащата на глас.

Und er fragte sich halb, ob Gregor es vielleicht verstanden hatte.

И той почти се запита дали Грегор е разбрал.

Die Schwester schüttelte unter Tränen heftig die Hand.

Сестрата само силно стисна ръката й, докато плачеше.

Und so signalisierte sie, dass man diese Idee gar nicht erst in Erwägung ziehen sollte.

И затова тя даде знак, че идеята не бива да се обмисля.

„Aber wenn er uns doch nur verstehen würde", wiederholte der Vater.

„Но само да ни разбираше" – повтори бащата.

Er schloss die Augen und dachte über die Antwort seiner Schwester nach.

Затвори очи и обмисли отговора на сестрата.

"Wenn er verstünde, dass eine Vereinbarung mit ihm getroffen werden könnte."

„Ако той разбереше, можеше да се постигне споразумение с него."

„Aber unter den gegebenen Umständen..."

„Но с нещата такива, каквито са..."

„Es muss weg!", rief die Schwester, „es ist der einzige Weg."

„Трябва да си тръгне!", извика сестрата, „това е единственият начин."

„Du musst den Gedanken loswerden, dass es Gregor ist."

„Трябва да се отървеш от мисълта, че това е Грегор."

„Dass wir das so lange geglaubt haben, ist unser eigentliches Unglück."

„Че толкова дълго вярвахме в това е истинското ни нещастие."

„Aber wie kann es Gregor sein?", fragte sie ihren Vater.

„Но как може да е Грегор?", попита тя баща си.

„Er wusste, dass ein solches Tier nicht mit Menschen zusammenleben kann."

„Той знаеше, че такова животно не може да съжителства с хората."

„Gregor hätte uns schon längst freiwillig verlassen."

„Грегор отдавна щеше да ни напусне, доброволно."

„Das stimmt, dann hätten wir keinen Bruder mehr."

„Вярно е, тогава нямаше да имаме брат."

„Aber wir könnten weiterleben und sein Andenken ehren."

„Но бихме могли да продължим да живеем и да почитаме паметта му."

„Aber dieses Ungeheuer verfolgt uns und vertreibt unsere Pächter."

„Но този звяр ни преследва и прогонва наемателите ни."

„Es will ganz offensichtlich die ganze Wohnung in Besitz nehmen."

„Очевидно иска да завладее целия апартамент."

„Dieses Biest will, dass wir auf der Straße schlafen."

„Този звяр иска да ни накара да спим на улицата."

"Schau, Vater", rief sie plötzlich, "er bewegt sich schon wieder!"

— Вижте, татко — извика тя внезапно, — той отново се движи!

Und sie tat etwas, das selbst Gregor nicht verstehen konnte.

И тя направи нещо, което дори Грегор не можеше да разбере.

Sie stieß sich von sich selbst ab, als wolle sie die Mutter opfern.

Тя се отблъсна, сякаш жертваше майката.

Und sie rannte hinter ihrem Vater her, um sich in Sicherheit zu bringen.

И тя тичаше зад баща си за някаква безопасност.

Der Vater war nur deshalb so aufgebracht, weil seine Tochter es war.

Бащата беше развълнуван само защото дъщеря му беше развълнувана.

Doch dann stand auch er auf und hob die Arme über sie.

Но тогава и той се изправи и вдигна ръце над нея.

Gregor hatte jedoch keinerlei Absicht gehabt, irgendjemanden zu erschrecken.

Но Грегор нямаше намерение да плаши никого.

Er hatte insbesondere nicht die Absicht, seine Schwester zu erschrecken.

Той особено нямаше и помисъл да плаши сестра си.

Er wollte sich gerade umdrehen und zurück in sein Zimmer gehen.

Той просто се опитваше да се обърне обратно към стаята си.

Doch in seinem sich verschlechternden Zustand war selbst das schwierig.

Но при влошаващото се състояние на детето му дори това беше трудно.

Und er konnte seine Beine nicht mehr vollumfänglich nutzen.

И вече не можеше да използва пълноценно всичките си крака.

Also benutzte er seinen Kopf, um seinen Körper anzuheben und sich umzudrehen.

Затова той използва главата си, за да повдигне тялото си и да се обърне.

Er hielt inne und suchte in der Familie nach deren Zustimmung.

Той се спря и се огледа за одобрението на семейството.

Seine guten Absichten schienen erkannt worden zu sein.

Доброто му намерение сякаш беше разпознато.

Seine Bewegung hatte sie nur kurzzeitig erschreckt.

Движението му беше само моментен шок за тях.

Nun blickten sie ihn alle in unglücklichem Schweigen an.

Сега всички го гледаха в нещастно мълчание.

Die Mutter lag noch immer erschöpft im Sessel.

Майката все още лежеше в креслото, изтощена.

Vater und Schwester saßen nebeneinander.

Бащата и сестрата седяха един до друг.

»Vielleicht lassen sie mich jetzt umdrehen«, dachte Gregor.

„Може би сега ще ме оставят да се обърна", помисли си Грегор.

Und er setzte seine unbeholfene Drehbewegung fort.

И той продължи да прави своето неловко обръщане.

Er konnte die gelegentlichen Atemzüge der Anstrengung nicht unterdrücken.

Той не можеше да потисне случайните въздишки от усилие.

Und er war gezwungen, zwischendurch ein paar Mal Pausen einzulegen.

И беше принуден да си почива няколко пъти междувременно.

Niemand drängte ihn jetzt zur Eile; es lag ganz bei ihm.

Никой не го караше да бърза сега; всичко зависеше от него.

Schließlich vollendete er die langsame und schmerzhafte Drehung.

Накрая той завърши бавния и болезнен завой.

Er machte sich sofort auf den Weg zurück in sein Zimmer.

Той веднага тръгна право обратно към стаята си.

Er war erstaunt darüber, wie weit er von seinem Zimmer entfernt war.

Той беше изумен колко далеч от стаята си беше.

Wie war er trotz seiner Schwäche zuvor dorthin gelangt?

Как, въпреки слабостта си, беше стигнал до там преди?

Er war fast denselben Weg gegangen, ohne es zu bemerken.

Той беше изминал почти същия път, без да забележи.

Er konzentrierte sich jetzt nur noch darauf, so schnell wie möglich zu krabbeln.

Той просто се съсредоточи върху пълзенето възможно най-бързо.

Das Ausbleiben von Kommentaren störte ihn nicht.

Липсата на коментари от когото и да било не го смущаваше.

Erst als er schon in der Tür war, drehte er den Kopf.

Едва когато вече беше на вратата, той обърна глава.

Aber er konnte sich nicht vollständig umdrehen und zurückblicken.

Но той не успя да се обърне, за да погледне назад напълно.

Denn er spürte, wie sich sein Nacken beim Umdrehen noch mehr versteifte.

Защото усети как вратът му се скова още повече, докато се обръщаше.

Doch er sah, dass sich hinter ihm ohnehin nichts verändert hatte.

Но той видя, че така или иначе нищо не се е променило зад него.

Der einzige Unterschied war, dass seine Schwester aufgestanden war.

Единствената разлика беше, че сестра му се беше изправила.

Sein letzter Blick verriet ihm, dass seine Mutter eingeschlafen war.

Последният му поглед показваше, че майка му е заспала.

Sobald er in seinem Zimmer war, wurde die Tür geschlossen.

Щом влезе в стаята си, вратата се затвори.

Und sobald die Tür geschlossen war, wurde der Schrank verriegelt.

И веднага щом вратата се затвори, ключалката се заключи.

Gregor erschrak über das unerwartete Geräusch hinter ihm.

Грегор се уплаши от неочаквания шум зад гърба си.

Und vor lauter Überraschung knickten seine Beine unter ihm ein.

И краката му се подкосиха от внезапната изненада.

Es war seine Schwester, die hinter ihm zur Tür geeilt war.

Сестрата беше тази, която се беше втурнала към вратата след него.

Sie stand bereits aufrecht da und wartete auf ihn.

Тя вече беше застанала изправена там и го чакаше.

Dann machte sie einen leichten Sprung nach vorn, ohne dass Gregor es hörte.

След това тя леко скочи напред, без Грегор да я чуе.

"Endlich!", rief sie laut, als sie den Schlüssel umdrehte.

„Най-накрая!“, извика тя на глас, докато завърташе ключа.

„Was nun?“, fragte sich Gregor, allein in der Dunkelheit.

„А сега какво?“, запита се Грегор, сам в тъмното.

Er merkte bald, dass er sich überhaupt nicht mehr bewegen konnte.

Скоро той откри, че вече изобщо не може да се движи.

Doch seine Unbeweglichkeit überraschte ihn nicht wirklich.

Но той всъщност не беше изненадан от неподвижността си.

Sich auf so dünnen Beinen fortbewegen zu können, erschien lächerlich.

Да можеш да се движиш с такива тънки крака изглеждаше нелепо.

Er wusste nicht, wie ihm das jemals gelungen war.

Той не знаеше как изобщо е успявал да го направи.

Abgesehen davon fühlte er sich aber relativ wohl.

Но освен това се чувстваше сравнително комфортно.

Es stimmt, dass er am ganzen Körper tiefe Schmerzen verspürte.

Вярно е, че е усещал силна болка в цялото си тяло.

Doch der Schmerz schien immer schwächer zu werden.

Но болката сякаш отслабваше все повече и повече.

Und er hatte das Gefühl, der Schmerz würde irgendwann verschwinden.

И той чувстваше, че болката най-накрая ще изчезне.

Er spürte den faulen Apfel in seinem Rücken kaum noch.

Той почти не усещаше гнилата ябълка в гърба си.

Er dachte mit Rührung und Liebe an seine Familie zurück.

Той си спомни за семейството си с емоция и любов.

Er spürte die Gefühle seiner Schwester noch stärker als sie selbst.

Той усещаше емоциите на сестра си дори повече от нея самата.

Sie hatte Recht mit dem, was sie gesagt hatte; er musste gehen.

Тя беше права в казаното от нея; той трябваше да си тръгне.

Er verbrachte einige Zeit in diesem leeren und friedlichen Zustand.

Той прекара известно време в това празно и спокойно състояние.

Die Uhr schlug dreimal, leise, aber bestimmt.

Часовникът удари три пъти, тихо, но твърдо.

Gregor wurde sanft aus seinen Betrachtungen gerissen.

Грегор нежно беше изтръгнат от размишленията си.

Er beobachtete, wie das Morgenlicht langsam in sein Zimmer drang.

Той наблюдаваше как утринната светлина бавно влиза в стаята му.

Dann sank sein Kopf völlig nach unten, ohne dass er es wollte.

Тогава главата му потъна напълно, без негова воля.

Und sein letzter Atemzug entwich schwach aus seinen Nasenlöchern.

И последният му дъх се изля слабо от ноздрите му.

Das Dienstmädchen kam früh am Morgen in sein Zimmer.

Прислужницата влезе в стаята му рано сутринта.

Bei ihrem üblichen kurzen Besuch fand sie nichts Ungewöhnliches vor.

Тя не откри нищо необичайно по време на обичайното си кратко посещение.

Aus Kraft und in Eile knallte sie alle Türen zu.

От съпротива и бързане, тя затръшна всички врати.

An ruhigen Schlaf war in der gesamten Wohnung nicht zu denken.

В целия апартамент не беше възможен спокоен сън.

Sie war gebeten worden, dies morgens zu vermeiden.

Беше помолена да не прави това сутрин.

Sie glaubte, er läge absichtlich so regungslos da.

Тя си помисли, че той нарочно лежи толкова неподвижно.

Vielleicht wollte er ihr zeigen, dass er beleidigt war.

Може би искаше да ѝ покаже, че е обиден.

Sie vertraute darauf, dass er über alle Arten von Intelligenz verfügte.

Тя му вярваше, че притежава всякакъв вид интелигентност.

Sie hielt zufällig den langen Besen in der Hand.

Случайно държеше дългата метла в ръка.

Also versuchte sie von der Tür aus, Gregor ein wenig zu kitzeln.

И така, още от вратата, тя се опита да погъделичка леко Грегор.

Sie war etwas verärgert darüber, dass er überhaupt nicht reagierte.

Тя беше малко раздразнена, че той изобщо не отговори.

Deshalb stieß sie ihn diesmal etwas energischer an.

Затова този път тя го бутна малко по-силно.

Als er keinen Widerstand leistete, sah sie genauer hin.

Когато той не показа съпротива, тя го погледна по-отблизо.

Bald begriff sie, was Gregor wirklich zugestoßen war.

Тя скоро осъзна какво всъщност се е случило с Грегор.

Sie öffnete die Augen noch weiter und pfiff vor sich hin.

Тя отвори по-широко очи и подсвирна на себе си.

Doch sie zögerte nicht lange, bevor sie die Tür öffnete.

Но тя не губи много време, преди да отвори вратата.

Und sie rief mit lauter Stimme in die Dunkelheit:

И тя извика с висок глас в тъмнината:

"Komm und sieh es dir an, da liegt es, völlig tot."

„Елате и вижте, ето го, лежи напълно мъртво.“

Die beiden Eltern saßen aufrecht in ihrem Ehebett.

Двамата родители седяха изправени в съпружеското си легло.

Zuerst mussten sie den Lärmschock überwinden.

Първо трябваше да преодолеят шока от шума.

Doch dann begannen sie langsam, ihre Botschaft zu verstehen.

Но след това те бавно започнаха да схващат посланието й.

Herr und Frau Samsa sprangen jeweils von ihrer Seite des Bettes.

Г-н и г-жа Замза скочиха всеки от своята страна на леглото.

Herr Samsa warf sich die dicke Decke über die Schultern.

Господин Замза хвърли дебелото одеяло върху раменете си.

Und Frau Samsa kam nur im Nachthemd heraus.

И госпожа Замза излезе само по нощница.

Und so gelangten sie in Gregors Zimmer.

И така влязоха в стаята на Грегор.

Inzwischen hatte sich auch die Tür zum Wohnzimmer geöffnet.

Междувременно вратата на хола също се беше отворила.

Grete hatte dort geschlafen, seit die Mieter eingezogen waren.

Грете беше спала там, откакто наемателите се нанесоха.

Sie war vollständig angezogen, als hätte sie überhaupt nicht geschlafen.

Беше напълно облечена, сякаш изобщо не беше спала.

Ihr blasses Gesicht schien ebenfalls ihren Schlafmangel zu beweisen.

Бледото й лице също сякаш доказваше липсата й на сън.

„Er ist tot?", fragte Frau Samsa und blickte die Magd an.

„Мъртъв ли е?" попита госпожа Замза, гледайки
прислужницата.
**Das hätte sie selbst überprüfen können, indem sie ihn
angesehen hätte.**
Тя можеше да потвърди това, като го погледнеше сама.
**„Ich glaube schon", sagte das Dienstmädchen und hob den
Besen auf.**
— Мисля, че да — каза прислужницата, вдигайки метлата.
**Und sie schob seinen Körper ein langes Stück über den
Boden.**
И тя бутна тялото му дълго по пода.
**Frau Samsa machte eine Bewegung, als wolle sie sie
aufhalten.**
Госпожа Замза направи движение, сякаш искаше да я
спре.
**Doch am Ende ließ sie das Dienstmädchen Gregor
herumschieben.**
Но накрая тя позволи на прислужницата да плъзга Грегор
насам-натам.
**„Nun", sagte Herr Samsa, „endlich können wir Gott
danken."**
„Е, най-накрая можем да благодарим на Бога", каза г-н
Самса.
Er bekreuzigte sich; Kopf, Brust, Schultern.
Той направи знака на кръста: глава, гърди, рамене.
Und die drei Frauen folgten seinem religiösen Beispiel.
И трите жени последваха неговия религиозен пример.
Grete, die den Blick nicht von der Leiche abwandte, sagte:
Грете, която не сваляше поглед от трупа, каза:
„Seht nur, wie dünn er war! Er hat so lange nichts gegessen."
„Вижте колко е отслабнал, толкова дълго не е ял."
**„Das Futter, das ich ihm jeden Morgen hinstellte, war immer
unberührt."**
„Храната, която му оставях всяка сутрин, винаги беше
недокосната."
Tatsächlich war Gregors Körper völlig flach und trocken.
Всъщност тялото на Грегор беше напълно плоско и сухо.

Dies war nun, da er am Boden lag, deutlicher zu erkennen.

Това беше по-видимо сега, когато беше на земята.

Weil sein Körper nicht mehr von seinen Beinen hochgehalten wurde.

Защото тялото му вече не се повдигаше от краката му.

Und weil es nichts anderes gab, was die Aussicht beeinträchtigte.

И защото нямаше нищо друго, което да разсейва гледката.

„Komm doch für eine Weile mit uns herein, Grete", sagte Frau Samsa.

— Ела за малко с нас, Грете — каза госпожа Замза.

Während sie sprach, lag ein gequältes Lächeln auf ihren Lippen.

Докато говореше, на устните ѝ играеше болезнена усмивка.

Grete folgte ihnen, blickte aber auch immer wieder zurück auf die Leiche.

Грете ги последва, но също погледна назад към трупа.

Das Dienstmädchen schloss die Tür und öffnete das Fenster ganz.

Прислужницата затвори вратата и отвори напълно прозореца.

Es war noch früh, daher wäre die Luft normalerweise kalt.

Беше още рано, така че въздухът обикновено би бил студен.

Doch in der kalten Luft lag auch ein Hauch von Wärme.

Но в студения въздух се усещаше и примес на топлина.

Wie eine sanfte Erinnerung daran, dass es nun Ende März war.

Като меко напомняне, че вече е краят на март.

Die drei Mieter verließen nun ebenfalls ihr Zimmer.

Тримата наематели също излязоха от стаята си.

Sie schauten sich staunend nach ihrem Frühstück um.

Те се огледаха с удивление за закуската си.

Das Frühstück wurde vergessen, wegen dem, was das Dienstmädchen gefunden hatte.

Закуската беше забравена заради това, което
прислужницата откри.

„Wo gibt es Frühstück?", grummelte der mittlere Herr.

„Къде е закуската?", измърмори средният господин.

**Das Dienstmädchen legte den Finger an den Mund, um
Ruhe zu gebieten.**

Прислужницата сложи пръст на устата си, за да нареди
тишина.

Und sie winkte den Herren hastig und stumm zu.

И тя припряно и мълчаливо махна на господата.

Das Dienstmädchen geleitete die drei Herren in den Raum.

Прислужницата въведе тримата господа в стаята.

Und sie erklärte ihnen weiterhin, was geschehen war.

И тя продължи да им обяснява какво се е случило.

Und die drei Herren standen um Gregors Leichnam herum.

И тримата господа стояха около трупа на Грегор.

Mit den Händen in den Taschen blickten sie nach unten.

С ръце в джобовете си те гледаха надолу.

**Das Morgenlicht hatte den Raum nun vollständig
durchflutet.**

Сутрешната светлина вече беше напълно обляла стаята.

**Dann öffnete sich die Schlafzimmertür und Herr Samsa
erschien.**

Тогава вратата на спалнята се отвори и се появи господин
Замза.

**Auf der einen Seite saß seine Frau, auf der anderen seine
Tochter.**

От едната страна беше жена му, а от другата дъщеря му.

Herr Samsa trug inzwischen bereits seine Uniform.

Господин Замза вече носеше униформата си.

Man konnte sehen, dass sie alle ein bisschen geweint hatten.

Можеше да се види, че всички бяха поплакали малко.

Grete drückte ihr Gesicht an den Arm ihres Vaters.

Грете притисна лице към ръката на баща си.

„Verlassen Sie sofort meine Wohnung!", befahl Herr Samsa.

„Напуснете апартамента ми незабавно!", заповяда
господин Замза.

Und er deutete auf die Tür, ohne die Frauen gehen zu lassen.

И той посочи вратата, без да пуска жените.

„Was meinen Sie damit?", fragte der Mittelsmann verunsichert.

„Какво имаш предвид?" попита смутен средният мъж.

Und er gab sich alle Mühe, Herrn Samsa freundlich anzulächeln.

И той направи всичко възможно да се усмихне сладко на господин Самса.

Die anderen beiden hielten ihre Hände hinter dem Rücken.

Другите двама държаха ръцете си зад гърба си.

Und sie rieben sich erwartungsvoll die Hände.

И те потриха ръце в очакване.

Offenbar erwarteten sie einen lauten Streit.

Изглеждаха сякаш очакваха да има шумна кавга.

Aber sie schienen sich auf die bevorstehende Auseinandersetzung zu freuen.

Но те изглеждаха доволни от предстоящия спор.

Sie dachten, der Streit würde zu ihren Gunsten ausgehen.

Те си мислеха, че спорът ще бъде в тяхна полза.

„Ich meine genau das, was ich eben gesagt habe", antwortete Herr Samsa.

„Имам предвид точно това, което току-що казах", отвърна господин Замза.

Er ging mit seinen beiden Begleitern in einer geraden Linie.

Той вървеше по права линия с двамата си спътници.

Und Herr Samsa ging direkt auf ihren Anführer zu.

И г-н Замза се обърна директно към водещия им господин.

Der Herr blieb zunächst stehen und blickte zu Boden.

Господинът първо застана неподвижно, гледайки към земята.

Die Gedanken in seinem Kopf waren noch im Wandel.

Съдържанието на главата му все още се подреждаше.

"Gut, dann gehen wir", sagte er und blickte zu Herrn Samsa auf.

— Добре, ще тръгваме — каза той и погледна към господин Замза.

Eine neue Demut schien ihn plötzlich ergriffen zu haben.

Сякаш внезапно го обзе ново смирение.

Und er schien um Erlaubnis für diese Entscheidung zu bitten.

И сякаш искаше разрешение за това решение.

Herr Samsa öffnete die Augen weit und nickte leicht.

Господин Замза широко отвори очи и кимна леко.

Die Herren folgten seinem Befehl unverzüglich.

Господата веднага се съобразиха с неговата заповед.

Und sie machten tatsächlich große Schritte in den Flur hinein.

И те действително направиха дълги крачки в коридора.

Seine Freunde hatten bereits aufgehört, sich die Hände zu reiben.

Приятелите му вече бяха спрели да си търкат ръце.

Sie hatten mitgehört, wie das Gespräch verlaufen war.

Те слушаха как протича разговорът.

Und nun rannten sie ihm nach, als ob sie Angst hätten.

И сега те тичаха след него, сякаш от страх.

Es ist möglich, dass Herr Samsa sie immer noch von ihrem Anführer isoliert.

Г-н Самса все още може да ги изолира от техния лидер.

Sie zogen ihre Stöcke aus dem Stöckebehälter.

Те извадиха пръчките си от контейнера за пръчки.

Und sie verbeugten sich schweigend, bevor sie die Wohnung verließen.

И те се поклониха мълчаливо, преди да напуснат апартамента.

Herr Samsa und die beiden Frauen traten aus dem Vorplatz.

Господин Замза и двете жени излязоха от предния двор.

Aber eigentlich hatten sie keinen Grund, den Männern zu misstrauen.

Но всъщност те нямаха причина да не се доверяват на мъжете.

Sie lehnten sich ans Geländer, um zu überprüfen, ob sie weg waren.

Те се облегнаха на парапета, за да проверят дали са си тръгнали.

Die drei Herren kamen tatsächlich die Treppe herunter.

Тримата господа наистина слизаха по стълбите.

In einer bestimmten Kurve der Treppe verschwanden sie.

В един завой на стълбището те изчезнаха.

Und dann brachte die Treppe sie wieder in Sichtweite.

И тогава стълбището ги върна в полезрението.

Dieses Erscheinen und Verschwinden wiederholte sich auf jeder Etage.

Това появяване и изчезване се повтаряше на всеки етаж.

Doch schließlich waren sie fast am Ziel.

Но в крайна сметка почти бяха стигнали до дъното.

Je weiter sie gingen, desto uninteressanter wurden sie.

Колкото по-далеч отиваха, толкова по-безинтересни ставаха.

Alle kehrten erleichtert ins Haus zurück.

Всички се върнаха обратно вкъщи, сякаш облекчени.

Sie beschlossen, den Tag zum Ausruhen und für einen Spaziergang zu nutzen.

Те решиха да използват деня, за да си починат и да се разходят.

Sie waren der Meinung, dass sie sich diese Auszeit von ihrer Arbeit verdient hatten.

Те чувстваха, че са заслужили тази почивка от работата си.

Sie hatten diese Auszeit nicht nur verdient, sie brauchten sie auch.

Те не само заслужаваха тази почивка, но и се нуждаеха от нея.

Sie setzten sich an den Tisch, um Entschuldigungsbriefe zu schreiben.

Те седнаха на масата, за да напишат писма с извинения.

Herr Samsa verfasste seinen Entschuldigungsbrief an die Geschäftsleitung.

Г-н Самса написа писмото си с извинение до ръководството си.

Frau Samsa schrieb ihren Entschuldigungsbrief an ihre Kunden.

Г-жа Самса написа писмото си с извинение до клиентите си.

Und Grete schrieb ihren Entschuldigungsbrief an ihren Schulleiter.

И Грете написа писмото си с извинение до директора си.

Während alle schrieben, kam das Dienstmädchen ins Zimmer.

Докато всички пишеха, прислужницата влезе в стаята.

Ihre Arbeit am Vormittag war erledigt, also ging sie nach Hause.

Сутрешната ѝ работа беше приключила, така че се прибираше вкъщи.

Die drei Schriftsteller nickten zunächst, ohne aufzusehen.

Тримата писатели първоначално кимнаха, без да вдигат поглед.

Das Dienstmädchen schien aber noch nicht gehen zu wollen.

Но прислужницата сякаш още не искаше да си тръгва.

Sie wartete einen Moment, bis die drei Schriftsteller aufblickten.

Тя изчака малко, докато тримата писатели вдигнат погледи.

„Na?", fragte Herr Samsa verärgert, genau wie die anderen.

„Е?" попита господин Замза, ядосан, както и останалите.

Das Dienstmädchen stand mit einem Lächeln im Gesicht in der Tür.

Прислужницата стоеше на вратата с усмивка на лице.

Sie erweckte den Eindruck, gute Neuigkeiten zu verkünden zu haben.

Тя създаваше впечатление, че има добри новини за съобщаване.

Aber sie würde die Neuigkeit nicht preisgeben, solange sie nicht dazu aufgefordert würde.

Но тя нямаше да сподели новината, освен ако не я помолят.

Die aufrecht stehende Straußenfeder an ihrem Hut schwankte leicht.

Изправеното щраусово перо на шапката ѝ леко се поклащаше.

Diese Straußenfeder hatte Herrn Samsa schon immer geärgert.

Това щраусово перо винаги е дразнело господин Замза.

„Also, was wollen Sie dann?", fragte Frau Samsa bestimmt.

„И така, какво искате тогава?" попита твърдо госпожа Замза.

Das Dienstmädchen hatte nach wie vor großen Respekt vor Frau Samsa.

Прислужницата все още изпитваше голямо уважение към госпожа Замза.

„Ja", antwortete sie und lachte freundlich auf.

„Да", отговори тя и избухна в приятелски смях.

Einen Moment lang unterbrach sie ihr Lachen und sie verstummte.

За миг смехът ѝ я спря да говори.

„Um das Ding nebenan brauchst du dir keine Sorgen zu machen."

„Не е нужно да се тревожиш за онова нещо в съседство."

„Ich habe bereits dafür gesorgt, wie wir es loswerden."

„Вече уредих как ще се отървем от него."

Frau Samsa und Grete schrieben ihre Briefe weiter.

Госпожа Замза и Грете продължиха да пишат писмата си.

Herr Samsa bemerkte jedoch, dass das Dienstmädchen noch nicht fertig war.

Но господин Замза забеляза, че прислужницата още не е приключила.

Nun wollte sie alles genauer beschreiben.

Сега тя искаше да опише всичко по-подробно.

Doch er streckte die Hand aus, um ihre Annäherungsversuche zurückzuweisen.

Но той протегна ръка, за да отхвърли усилията ѝ.

Sie erkannte, dass sie an ihren Plänen kein Interesse hatten.

Тя осъзна, че те не се интересуват от нейните планове.

Und dann erinnerte sie sich an die große Eile, in der sie gewesen war.

И тогава тя си спомни колко много бързаше.

„Dann tschüss", sagte sie, sichtlich beleidigt über das mangelnde Interesse.

— Чао тогава — каза тя, обидена от липсата на интерес.

Bevor sie ging, knallte sie die Tür jedoch mit einem lauten Knall zu.

Но преди да си тръгне, тя затръшна вратата ужасно силно.

„Sie wird heute Abend entlassen", sagte Herr Samsa.

„Ще бъде уволнена довечера", каза господин Самса.

Seine Frau und seine Tochter hatten jedoch keine Zeit, ihm zu antworten.

Но жена му и дъщеря му бяха твърде заети, за да му отговорят.

Weil das Dienstmädchen ihren gerade erst gewonnenen Frieden gestört hatte.

Защото прислужницата беше нарушила новоспечеленото им спокойствие.

Die Mutter und die Tochter standen auf und gingen zum Fenster.

Майката и дъщерята станаха, за да отидат до прозореца.

Und so blieben sie mit den Armen umeinander liegen.

И прегърнати един друг, те останаха там.

Herr Samsa drehte sich in seinem Stuhl um, um sie anzusehen.

Господин Замза се завъртя на стола си, за да ги погледне.

Und eine Weile lang beobachtete er sie schweigend, wie sie dort standen.

И известно време той ги наблюдаваше тихо как стоят там.

Schließlich rief er ihnen zu: „Willst du zu mir kommen?"

Накрая той им извика: „Ще дойдете ли при мен?"

„Vergessen wir doch einfach all den alten Kram."

„Хайде да забравим за всички тези стари неща, нали?"

"Komm her und schenk mir ein wenig deiner
Aufmerksamkeit."
„Ела при мен и ми отдели малко внимание.“
Die beiden Frauen taten, wie er gesagt hatte, und eilten zu
ihm hinüber.
Двете жени направиха както му каза и се втурнаха към
него.
Sie umarmten ihn herzlich und küssten ihn.
Те го прегърнаха нежно и го целунаха.
Sie kehrten schnell zurück, um ihre Briefe fertig zu
schreiben.
Те бързо се върнаха, за да довършат писмата си.
Dann verließen alle drei gemeinsam die Wohnung.
След това и тримата напуснаха апартамента заедно.
Sie waren seit Monaten nicht mehr zusammen aus dem
Haus gegangen.
Не бяха излизали заедно от къщи от месеци.
Und sie fuhren mit der Straßenbahn an den Stadtrand.
И те взеха трамвая до покрайнините на града.
Sie hatten den gesamten Waggon der Straßenbahn für sich
allein.
Целият вагон на трамвая беше само за тях.
Von draußen strömte Sonnenschein durch das Fenster.
Слънчевата светлина нахлуваше през прозореца отвън.
Die Familie lehnte sich bequem in ihren Sitzen zurück.
Семейството се облегна удобно на столовете си.
Und sie besprachen die Aussichten für ihre Zukunft.
И те обсъдиха перспективите за бъдещето си.
Bei näherer Betrachtung waren ihre Aussichten gar nicht so
schlecht.
При по-внимателен поглед перспективите им не бяха
лоши.
Alle drei hatten Jobs mit dem Potenzial, mehr zu verdienen.
И тримата имаха работа с потенциал да печелят повече.
Sie hatten einander nie nach ihrer Arbeit gefragt.
Те никога не се бяха питали един друг за работата си.

Doch nun hatten sie endlich Zeit, solche Dinge zu besprechen.

Но сега най-накрая имаха време да обсъждат подобни неща.

Sie hatten auch die Möglichkeit, in eine kleinere Wohnung umzuziehen.

Те също имаха възможност да се преместят в по-малък апартамент.

Dies hätte den größten Einfluss auf ihr Leben.

Това би имало най-голямо влияние върху живота им.

Ihre jetzige Wohnung hatte Gregor ausgesucht.

Настоящият им апартамент беше избран от Грегор.

Aber jetzt könnten sie in eine günstigere Gegend ziehen.

Но сега те биха могли да се преместят някъде на по-достъпно място.

Eine kleinere Wohnung, aber eine praktischere.

По-малък апартамент, но на по-практично място.

Das Gespräch über die Zukunft machte Grete wieder lebendiger.

Разговорите за бъдещето отново оживиха Грете.

Herr und Frau Samsa bemerkten auch andere Veränderungen an ihr.

Г-н и г-жа Самса забелязаха и други промени в нея.

Ihre Wangen waren vor lauter Sorgen ganz blass geworden.

Бузите ѝ бяха пребледнели от всичките ѝ тревоги.

Doch ihre Tochter entwickelte sich inzwischen zu einer feinen jungen Dame.

Но сега дъщеря им разцъфтяваше и се превръщаше в прекрасна дама.

Sie war mittlerweile wirklich eine wohlproportionierte und hübsche junge Frau.

Тя наистина беше добре сложена и изящна млада жена сега.

Ihre Eltern wurden still und bewunderten ihre Tochter.

Родителите ѝ замълчаха и се възхитиха на дъщеря си.

Sie wechselten Blicke und kommunizierten unbewusst.

Те се спогледаха, общувайки несъзнателно.

„Es wird bald an der Zeit sein, einen guten Mann für sie zu finden."

„Скоро ще дойде време да си намери добър мъж за нея."

Die Straßenbahn hatte ihr Ziel erreicht und bremste ab.

Трамваят беше стигнал до крайната си точка и намали скоростта.

Ihre Tochter schien ihre neuen Träume zu bestätigen.

Дъщеря им сякаш потвърждаваше новите им мечти.

Sie war die Erste, die aufstand und ihren jungen Körper streckte.

Тя първа се изправи и разтегна младото си тяло.

www.ingramcontent.com/pod-product-compliance
Lightning Source LLC
Chambersburg PA
CBHW011938210726
48290CB00011BA/2900